你是我的万千星辰

白茶 著

台海出版社

图书在版编目（CIP）数据

你是我的万千星辰 / 白茶著 . -- 北京：台海出版社，2020. 6

ISBN 978-7-5168-2606-5

Ⅰ . ①你… Ⅱ . ①白… Ⅲ . ①言情小说—中国—当代 Ⅳ . ① I247.5

中国版本图书馆 CIP 数据核字（2020）第 086301 号

你是我的万千星辰

著　　者：白　茶

出 版 人：蔡　旭
封面设计：中尚图
责任编辑：姚红梅

出版发行：台海出版社
地　　址：北京市东城区景山东街 20 号　邮政编码：100009
电　　话：010-64041652（发行，邮购）
传　　真：010-84045799（总编室）
网　　址：www.taimeng.org.cn/thcbs/default.htm
E-mail：thcbs@126.com

经　　销：全国各地新华书店
印　　刷：河北盛世彩捷印刷有限公司
本书如有破损、缺页、装订错误，请与本社联系调换

开　　本：710 毫米×1000 毫米　1/16
字　　数：213 千字　印　　张：14.5
版　　次：2020 年 6 月第 1 版　印　　次：2020 年 6 月第 1 次印刷
书　　号：ISBN 978-7-5168-2606-5

定　　价：49.00 元

目录

第一章　你的男人　001

第二章　我可以替你报仇　005

第三章　彩钻戒指　009

第四章　夫人正在和人打架　013

第五章　总裁让你上车　017

第六章　夫人自求多福　022

第七章　他有老婆了　027

第八章　她在洗澡　031

第九章　斯总威武　035

第十章　薇薇是谁　039

第十一章　当然开心　043

第十二章　我真的很想你　048

第十三章　住几个晚上而已　052

第十四章　夫人说了算　056

第十五章　大人求放过　060

第十六章　厉浅洛打人　064

第十七章　藏什么呢　068

第十八章　你真是不可理喻　072

第十九章　我嫌你脏　076

第二十章　孩子没了　080

第二十一章　今天就进行　084

第二十二章　跳海　088

第二十三章　她回来了　092

第二十四章　让那个女人彻底消失　096

第二十五章　请您自重　100

第二十六章　居然调戏她　104

第二十七章　总裁居然没有发怒　108

第二十八章　今天还就强迫你了　112

第二十九章　真的是你　116

第三十章　帮我个忙　121

第三十一章　打断别人好事　125

第三十二章　总裁让交给你的　129

第三十三章　我想一切顺其自然　133

第三十四章　真的抱了一个孩子　137

第三十五章　收起你乱七八糟的想象　141

第三十六章　相思病而已　145

第三十七章　我在等你　149

第三十八章　暖暖是我的孩子　153

第三十九章　有什么好哭的　158

第四十章　很爱很爱　163

第四十一章　当然是我重要　169

第四十二章　别哭，许个愿　175

第四十三章　斯靳恒的亲生女儿　180

第四十四章　我要向你求婚　186

第四十五章　可真没出息　192

第四十六章　高烧41℃啊　198

第四十七章　求婚　204

第四十八章　我会很温柔的　209

第四十九章　我很乐意的　215

第五十章　离婚又复婚　221

第一章　你的男人

帝城的天边划过几道闪电，大雨就像断了线的珠子不断掉落。

少女站在大雨中，仿佛感觉不到拍打在脸上的冰冷雨滴，一脸迷茫地看着前方的无名处。

奶奶、爸爸、妈妈，我恨你们，为什么要丢下我一个人，我很想你们啊!

戚泽明、付辛茹，我恨你们，为什么要背叛我!

还有那个男人……

我厉浅洛恨所有人!

……

雨越下越大，厉浅洛终于支撑不住来自身体和精神上的双重折磨，软软地躺在了雨中。

一辆全球限量版黑色迈巴赫在不远处停下，助理允起撑着雨伞打开后座车门，一个男人穿着崭新的皮鞋走下来，亲自将躺在雨中的厉浅洛抱上了车。

承阳私人医院VIP病房内，病床上的女人缓缓睁开酸涩的眼睛，首先映入眼帘的是洁白的天花板。左手边上吊着一瓶点滴，冰凉的液体缓缓流进她的身体。

这是哪?

“醒了？”

听到这个声音，厉浅洛莫名地打了个冷战。

这么冰冷的声音，是谁?

试了几次想起身，可是她没有一点力气，最后挫败地躺在床上干脆不动了。

床边一个穿着私人订制款白色衬衣的男人正在俯视着自己。

厉浅洛眨了眨眼睛，哇，好帅的男人!

剑眉英挺，锐利而深邃的眸子，还有那性感的薄唇，全身上下无一不在彰显他的高贵优雅。

冷漠霸道的气势让她不自觉地缩了缩脖子。

不过，这个男人好像有点熟悉……

“你是谁？”

“你的男人。”

“你是不是有妄想症？”厉浅洛直接赏他一个白眼，真是可惜了这副帅气的皮囊，原来是个有病的!

斯靳恒并没有解释，先按下床旁边的呼叫铃。不到一分钟，一行人浩浩荡荡地走进病房。

看来她是在医院。一个戴着口罩的护士将她轻轻扶起，还体贴地在背后给她放了个枕头让她依靠。

为首的男人大概有二十几岁的样子，浓密的眉毛稍稍向上扬起，一双像朝露般清澈的双眼正在专心地盯着医疗设备。

司承阳，26岁，遗传家族基因，精通医术，年纪轻轻就成了医学鬼才。

这个承阳私人贵族医院，就是他和斯靳恒合资的。

只是性格古怪，孤僻高傲。

“已无大碍。”司承阳将目光从医疗设备上移开，感觉到厉浅洛的视线，微皱眉头。

斯靳恒对着他点点头，两个人没有再多的交流，司承阳就带着他的虾兵蟹将们离开了。

病房内恢复了宁静，斯靳恒坐回之前的办公桌前，继续看文件。

望着他帅气的侧脸，厉浅洛纠结着该怎么开口。“那个……你好……”

斯靳恒沉默，抬起眼帘就这样看着她。

“我这是怎么了？是你把我送医院的？”

“病了，我送的。”斯靳恒简单回答了她的问题，继续把目光放在电脑上。

“哦，谢谢你，那我什么时候能出院？”

“明天。”

“哦……”只是出院之后的她该何去何从？

想了一下只有男闺蜜陆梓熙，两室两厅的小公寓，能让她先暂时安稳住，然后再找份工作。

想到这里，厉浅洛决定先给陆梓熙打个电话。

“先生，我能用一下你的手机吗？”这个男人虽然冷冷的，但是救了自己，应该是个面冷心热的男人吧。

“斯靳恒。”她太吵，让他不能用心工作，干脆合上笔记本电脑，给她丢出自己的名字。

“嗯？死劲横？”厉浅洛正在神游，隐隐约约听到这三个字，虽然没明白什么意思，但下意识地就脱口而出。

斯靳恒浓眉紧皱，他两三个大步就到了厉浅洛的面前。

他霸道地将双臂撑在床上她的两侧，弯着腰微微咬牙在她面前宣布：“女人，记住了，你的男人名字叫斯靳恒，用不用我教你怎么拼拼音，怎么写这三个中文字？”

“你这人真是莫名其妙，你认识我吗？就我男人我男人的！”厉浅洛有点生气，要是在前几天，她说不定还会大声说，我的男人是戚泽明，才不是什么斯靳恒呢！

只是现在她好像只有自己了，因为戚泽明背叛了他。

“厉浅洛，上个月美国南加州大学刚刚毕业，双子座，几天前刚过完22岁生日，生日的晚上在半岛酒店8楼888号房间和你的前男友缠绵了一整个晚上……”

“停停停！”厉浅洛差点尖叫，这个男人是谁？连她和别人发生什么他都知道！

对，就在他说的时间地点里，发生了一些改变厉浅洛命运的事情！

那就是她被自己前男友戚泽明和好闺蜜付辛茹双重背叛！

随后她来不及反应，就得到了爸爸的公司被自己前男友戚泽明的父亲霸占，从此一无所有，奶奶活活被气死的消息……

她厉浅洛的人生在短短的几天内，发生了翻天覆地的变化。

“我说话的时候你不应该打断。”他还想说的是，“你鞋子尺码36，1尺9腰围，腰间有颗痣……”

不是黑痣，好像是后来留下的。

他的嘴被她用手狠狠地捂住：“你不能闭嘴吗？你怎么知道这些的？说！你是不是偷窥我洗澡！”

她恶狠狠地瞪大了眼睛，有种说不出的可爱。

斯靳恒指了指放在自己嘴巴上的小手，厉浅洛快速把手拿下来，还不忘把手在被子上蹭了蹭，仿佛他的嘴上有什么脏东西一般……

斯靳恒不屑地看着这个幼稚又倔强的女人，重新回到电脑桌前，从文件夹里拿出几张A4纸递给她。

“结婚协议书？”上面几个大字让厉浅洛迷茫地抬起头。

男人此刻云淡风轻：“对，我的第一次被你夺走，你得负责。”

他轻飘飘地扔下一个重磅炸弹，让厉浅洛被自己的口水呛了个半死。

我的天啊！原来那天晚上的男人是他？！对他负责？

第二章　我可以替你报仇

“我也是第一次好不好，这话该我说好吧？”她难以置信地瞪大了眼睛。

是他！就是他！那个流氓！她应该下床把他揍个半死残废的！

“也行，既然你这么爽快，签字吧！”他一只手插进裤袋，另一只戴着名表的手递给她一支高级水笔。

“我不要！”开什么玩笑！他们之前又不认识，就因为一场意外就要结婚？谁知道他是不是人贩子！

男人揉了揉眉心，太阳穴有点发疼，这可是他人生中第一次被女人拒绝。

“我可以替你报仇！戚泽明？付辛茹？全都不是问题。”男人的自信让女人好奇地来来回回，上上下下打量了他三次。

“我还可以帮你找到你爸爸，或者是亲生父母，都行。”斯靳恒做事从来都不后悔，此刻，好像有点体会到后悔二字的含义了。因为，他仿佛感觉到了自己在……倒贴！

不识好歹的女人，等着！我就是要征服你，磨平你的骄傲。

他不但知道爸爸公司里的事情，连厉献呈不是她亲生父亲的事情都知道了？厉浅洛佩服他的神通广大！

“你叫什么名字？”这次她是正儿八经问的。

“斯靳恒。”

可以！这个女人打破了他的许多纪录，包括告诉别人他斯靳恒名字的次数，看来婚后得好好调教调教。

斯靳恒？她好像想起来了，这个名字让人如雷贯耳。商业界的传奇人物，神秘，私生活低调。权势滔天，长期定居国外。“你怎么证明你就是斯靳恒？身份证不行，能造假。”

怎么证明？

斯靳恒挑了挑眉，凑上前稳稳地堵住她的唇，然后松开。“如果你还是不信，我可以在这里重复一遍我们的第一次，嗯？”

他的唇有点冰凉，身上带着好闻的气息，厉浅洛一不小心就被撩得晕乎乎的。

“……哼！我才不嫁。”

“你除了和我结婚，没有别的选择。”资料上显示，她靠谱的朋友就一个，她的救命恩人郁晚晚，还有一个铁哥们陆梓熙，嗯……这个陆梓熙以后需要防着点。

男女之间哪有真友谊？反正他是不信。

厉浅洛咬了咬牙，狠了狠心，决定了自己的命运。“好，但是我要约法三章再签字。”

“说来听听。”他坐到一边的单人沙发上，双腿优雅地叠在一起，一副洗耳恭听的样子。

厉浅洛咬咬牙，红着脸开口：“第一，不能没有经过我允许碰我！”

“第二，不许带乱七八糟的女人去我们住的地方！第三，在外面，我们当作互相不认识。”

男人点头，第一点和第三点没有说期限不是吗？

“那我说说我的条件，婚姻低调，我不喜欢乱七八糟的生活和人。”

“成交！”

当厉浅洛换好斯靳恒为她准备的衣服后，就被他直接带到圆明山庄富人别墅区。

斯靳恒直接带着她来到二楼某个房间。“这就是你的房间，不过，这个别墅只是暂住，珍珠泉8号那边的别墅快要装修好了，到时候会去那边。”

珍珠泉8号？一共8栋别墅的那个小区？她早就听说过了，那个小区比她们家的别墅还有这个圆明山庄的别墅都要高大上！

即使厉浅洛之前的生活很富裕，但是和斯靳恒比起来，似乎还是差了许多呢!

整个房间给人的感觉就是干净大气，虽然之前自己的房间很高大上，但是跟这个还有点差别的。再说了，寄人篱下这样很不错了，厉浅洛提醒自己要识趣。

“好！”

“先将就着住，很快就搬去那边了。”斯靳恒看着厉浅洛舒服地扑到大床上，眼神深邃。

“不将就，很好了，毕竟我现在已经什么都没了，不是吗？”她喃喃自语，话说给斯靳恒听，也说给自己听。

男人蓦然靠近，抬起她的下颚。“从此以后，你有我就够了。”

他感性低沉的情话让她沉醉，心脏怦怦直跳，双手抵着他厚实的胸膛。

深邃的目光深不可测，神秘，诱人，仿佛有旋涡般，吸引着她慢慢去探究……

他缓缓低下头靠近她，她没有躲避，只是闭上了眼睛，如小猫一样温顺。

楼下杜嫂已经做好晚餐，两个人下去吃了晚餐，厉浅洛碗里的粥还有三分之一的时候，斯靳恒已经吃完了。

她赶紧三下五除二地喝完剩下的粥，擦了擦嘴，准备收拾餐桌上的残羹剩饭。

“你在家也做这些吗？”斯靳恒看着厉浅洛笨拙地收拾餐桌，有些不悦。

“没……”像是想到了什么，厉浅洛眼圈红了红。

在厉家她当然不用做这些，十指不沾阳春水说的就是她。只是她已经没家了，不能再不懂事了。

“厉浅洛，以后这就是你的家，你没必要这么客气和小心翼翼的！”斯靳恒夺过她手中的空碗，拉着她往楼上走去。

厉浅洛有点难受地看着拉着自己手腕的大掌，她也很想放松自己，这种感觉很累，只是，可以吗？

到了二楼斯靳恒没有松开她，带着她进了自己的书房。

从办公桌的抽屉里拿出两张卡，走过来递给她。

“我这没现金，自己去取，两张卡你以后随便刷，想买什么都可以。”两张无限额的黑卡？厉浅洛抬头看着依然面无表情的斯靳恒，再次迷茫。他们只是陌生人而已，他为什么对自己这么好？难道就因为那天晚上都是彼此的第一次？

“斯靳恒，我心里没有你。”是的，她心里没有他，她不想隐瞒他。她心里的位置曾经只给过戚泽明，但是，对戚泽明她现在只有恨……

“早点休息，明天去领证。”斯靳恒只说了这么一句，就直接把她推了出去。

这是生气了？看着眼前被关上的书房门，厉浅洛攥紧手中的两张卡回了房间。

第三章　彩钻戒指

两个人顺利领了证，斯靳恒便带着她去商场挑选钻戒。

斯靳恒最后选定一款导购推荐的GL大师新作的彩钻戒指，厉浅洛一眼就看出来了它价值不菲，再看看那数不清有几位数的价格，原本她想拒绝的，但是斯靳恒不给她机会，直接去刷了卡。

“斯靳恒……”厉浅洛还想说什么，男人一个凌厉的眼神杀了过来，她乖乖地闭上了嘴巴。

哼，专横！霸道！跋扈！欺负弱小！根本不考虑她的意见！

两个人上了车，斯靳恒发动车子往外驶去，半路和一辆白色的法拉利跑车擦身而过。跑车副驾驶上的女人惊讶地看了一眼刚刚过去的豪车，难以置信。

付辛茹再次确认，那是辆近千万的迈巴赫跑车，如果她没看错，副驾驶的位置坐的女人就是失踪几天的厉浅洛！

“看什么呢？”停好车，戚泽明疑惑地看着脸色微变的未婚妻。

“刚才我好像看到了……厉浅洛。”付辛茹仔细观察戚泽明的表情，只见他紧紧地皱了皱眉头，什么都没说，解开安全带下了车。

他现在最不想听见的就是厉浅洛三个字，厉家垮了以后，厉献呈父女就失踪了。如果哪天再让他碰到那个女人，他一定不会放过她！

“泽明，浅洛现在不知道怎么样了。”付辛茹关上车门，脸上满满的全是关心。

“提那个女人做什么，影响心情。”戚泽明将胳膊搭上她的肩上，拦着她往八楼走去。

付辛茹嘴角勾起一抹得意的微笑，厉浅洛你终于什么都没有了，看吧！还有你最爱的男人，提都不想提起你。

付辛茹和厉浅洛来过几次GL专柜，资历久点的导购都知道她的名字，也都知道她要嫁给戚家独子戚泽明。

“我之前询问过你们经理，GL大师的最新作品，就是红色钻石的那款，给我拿出来看看。”钻戒什么都好，就是价格太贵了，好不容易和戚泽明商量通了才一起来交定金的。

“不好意思付小姐，那款戒指刚刚已经卖了，您再看看别的款式吧！”导购浅笑地解释。

“已经卖了？”

“对！”

这刚好合了戚泽明的心意！那么贵他刚好不想买，故作云淡风轻地说道：“没事辛茹，我们再看别的。”

付辛茹要知道会卖得这么快，就早点过来交定金了，都怪戚泽明，她三天前跟他说的时候，他死活不答应，都是他害得她错过了机会。

“买家就是上次和你一起来挑生日礼物的那位小姐，她老公给她刷的卡。”导购无意间的话让付辛茹懵了。

“厉浅洛？”她难以置信地提高了嗓门，眼睛瞪得大得有点吓人。

“应该是吧，上次我好像听到你就叫她什么洛的。”她的反应吓得导购声音小了许多。

戚泽明和付辛茹听到这句话相互望了一眼，心思各异。

想想那辆价值千万的迈巴赫，还有这款钻戒，厉浅洛难道傍上了一个大款？目前也就这一个可能了，并且那个男人肯定是个老头子，哪有年纪轻轻就这么大手笔的土豪。

哈哈，如果是真的，那可真让人笑掉大牙了。

想到这里付辛茹的心才舒坦不少，挽着戚泽明的胳膊，去选了别的钻戒。

回到别墅，厉浅洛换好鞋直接回了房间，斯靳恒紧跟着走进来。厉浅洛干脆也不管他，无视他，把包打开拿出手机开始玩。

斯靳恒夺过她的手机，把她拉到自己身边。

“告诉我你生气的理由。”趁他今天晚上之前还有空闲，就勉为其难地打开她的心结吧！

厉浅洛扭过头，任性地不去理他。

她这种坏脾气他见多了，对他唯命是从的女人更多，只是他从来都不屑去理会那些女人。斯靳恒直接把她的脸扭过来，亲了上去。

“唔唔唔……”厉浅洛想大声抗议，他一点机会都不给她。

许久之后，终于挣脱开的厉浅洛面红耳赤地指控他：“斯靳恒，你很可恶你知道不知道？”不行，她得琢磨琢磨想个办法。

斯靳恒点了点头，表示自己知道了。

“你多大了。”

“27。”

“看吧，你比我大5岁，你应该让着我，我想做的事情你不能说不，我不想做的事情，你不能非得让我做，不能惹我不开心，不能不在乎我的意见……”接下来的抗议，让斯靳恒有点目瞪口呆。

厉浅洛的千金脾气全被他逼了出来，一口气说那么多个不字，她也不累。

“既然你不累，那么洞房花烛夜的时间就不要浪费了。”斯靳恒一句话把她的不愿意全部堵了回去。

直到浴室门被关上。

“斯靳恒！啊！你给我等着，我要报仇！”被扔在浴缸的厉浅洛，愤怒地开始想着报仇计划。

“我要把你所有的钱都花完，我要天天给你戴绿帽，然后和你离婚，分你的财产！”

他的钱八辈子都花不完，戴绿帽子？嗯，那她得加把劲。离婚分财产？想太多！

第二天厉浅洛闲着无聊，给自己手上的钻戒拍了一张照片，上传到朋友圈和微博，并配文字：爸爸，我想你了，我结婚了，有空记得回来看我。

很快她的朋友圈和微博就炸锅了，手机“丁零零”地响个不停，但是厉浅洛只回复了两个人的留言，那就是郁晚晚和陆梓熙。

黑匣子酒吧。

这个时间是夜生活的开始，酒吧现在这个时候人还不是很多。

强烈的鼓点，重金属碰撞声，还有十几个人在闪耀的灯光迷离的音乐里狂乱舞动。

厉浅洛原本约的是两个人，结果晚上郁晚晚有事，就只约到了陆梓熙。点了一杯鸡尾酒，她找到一个角落的位置坐下，等着陆梓熙。

没有几分钟，一个男人在她对面坐下，先仔细地打量了一下浅笑的厉浅洛，还有她手上那颗扎眼的钻石。

还好，一切都看上去和以前差不多。

“我说，你都不解释一下吗？”陆梓熙拢了拢凌乱的红发，看着他的头发，厉浅洛就知道他是飙着车过来的，右耳上戴着一颗新的骷髅耳钉，散发着诡异的光芒。

“有什么好解释的，正如你看到的，这几天跑去结婚了。”厉浅洛嘴角微带自嘲。

“厉浅洛，你不至于这么堕落吧！钱没了可以挣啊，如果你真的不会挣，我和我女朋友可以勉强养着你啊，你至于随便找个人就嫁了吗？”陆梓熙的话，让厉浅洛低低地笑了起来，唉！还是这个弟弟最好！

第四章　夫人正在和人打架

“你笑什么！我说的是真的！你该不会是……傻了吧？”想到这个可能陆梓熙有些傻眼。

“闭嘴，你才傻了呢！”

“啧啧，还是这么粗鲁，姐姐你都结婚了，该温柔一点了！快来跟我说说你老公！”

厉浅洛思索了一下，“他啊！霸道蛮横无理，不过说实话对我还挺好！”

晚上十一点，一辆宾利路过黑匣子酒吧的时候，堵了一会儿车。允起无意间看到路边一辆车，指着它告诉后车座上的斯靳恒：“总裁，那有一辆车，车牌号和你的一样，你的车是不是被盗了？”

五分钟后的酒吧内，顺利找到厉浅洛的允起给斯靳恒拨通了电话，“总裁，找到夫人了，但是……夫人正在和人打架！”

斯靳恒接到电话后立刻下了车，大步往酒吧走去。

酒吧卫生间附近很是热闹，打斗声、谩骂声不绝于耳，还围了不少看热闹的人。

“住手！”一个冰冷的男声响起，正在打架的一群人不自觉地停下了拳头。

只见一个身穿白色衬衣的男人站在不远处昏暗的灯光下，众人看不清楚他的长相。只能看到他一只手插在西装裤口袋里，另一只手夹着半根香烟。

他犹如暗夜的使者，身上散发着神秘的冷气和霸气，让人远远都能感觉到，大家不自觉地打了个冷战。

整个走廊，看热闹的人赶紧散了，没有一个人敢吭声，只有DJ音乐依旧响着。

“谁呀！敢管老子的事。”某富二代公子鼓足了勇气喊出了声，在那种气势下，他的声音完全没有平时的嚣张。

“厉浅洛，过来。”只有这句话，还让人感觉到了一丝丝温暖。

厉浅洛看到斯靳恒的第一反应其实没有惊喜，反而有一丝惧怕。如果说去厕所的时候有九分醉意，那碰到戚泽明下去了三分，看到这个男人就完全清醒了。

因为这个男人好像很讨厌乱七八糟的事情，她刚好好像惹上了乱七八糟的事情……

都怪戚泽明，突然出现在她面前，她一个没忍住，和陆梓熙一起把他给揍了。

戚泽明一个电话，叫过来好几个人对付她和陆梓熙。

她条件反射地往斯靳恒面前走去，越来越近的身影让她有种莫名的安全感。最后默默摆弄着手指头，乖乖站在他的旁边。

戚泽明和陆梓熙看到这一幕，忘记身上被揍的疼痛，都讶异地张大了嘴巴。

他们什么时候见过这样的厉浅洛，这么听一个人的话。

斯靳恒闻着厉浅洛身上散发出来的酒味，还有明显喝了酒的陆梓熙，眼睛里划过一抹不悦。

他淡淡地开口命令：“陆梓熙的手下让他们走，其他人全部扭送到警察局去……”

众人犹如听阎王爷宣判自己的下场。

“至于陆梓熙……”

“不要！”只是刚听到陆梓熙三个字，厉浅洛立刻像护犊子般护了上去。

允起悄悄地抹了把汗，这个女人敢打断斯靳恒说话不说，还敢违抗他护着别的男人，他很期待接下来她的下场。

斯靳恒一道严厉的目光向厉浅洛扫了过去，厉浅洛立刻缩了缩脖子，“那个，陆梓熙是被我强制拉出来的，不要伤害他，要不然……”

要不然？居然还有要不然？允起揉了揉眼睛，直直地盯着这个胆大包天的夫人。

“要不然？嗯？”斯蕲恒捏住她的下巴，眼神里满满的都是警告。

“额……那个，我们先回家，好不好？”硬的不行，试试来点软的吧。

咦？还别说，真有用！看着前面走出去的男人，厉浅洛赶紧兴奋地跟了上去。

陆梓熙和戚泽明懵懵地看着，还没反应过来刚才发生了什么。更不知道刚才那个突然爆发的男人是谁，难道是厉浅洛的老公？两个人同时反应过来，脸色均不好看地看了一眼对方。

戚泽明知道那个男人唯独放过自己和陆梓熙的意思，陆梓熙是因为厉浅洛的求情，而他估计那个男人要亲自对付自己。

不顾身后众人的哀号声，连忙开车离开酒吧，回去调查那个男人的资料。

厉浅洛原本开的玛莎拉蒂被扔在酒吧门口，自己和斯蕲恒一起坐着允起开的车回了别墅。一路上斯蕲恒闭目养神，一个字都没说，厉浅洛因为有允起在，也不好意思说什么。

进屋换了鞋，厉浅洛飞速跑到楼上的卫生间，抱着马桶吐了个昏天暗地。

斯蕲恒本来想找她算账的，这才发现厉浅洛刚沾床就睡着了。

看着她像没事人一样就这样睡过去，斯蕲恒脸色很难看。

没事，她逃得了初一，逃不过十五！

让斯蕲恒没有想到的是，第二天斯蕲恒出差去A国，回来后夫妻俩再见居然是在……警察局，对！警察局！

厉浅洛竟然到郁晚晚上班的服装店去做导购了，与此同时，斯蕲恒去了A国出差。

但是厉浅洛的运气比较“好”，服装店经理刚好是付辛茹的表姐蓝颖。蓝颖不但处处针对她，还让她和郁晚晚在炎炎夏日穿着羽绒服去马路边做反季促销宣传！

所以，厉浅洛在付辛茹找上门以后，双方人马在服装店大闹一通。

事情在商场闹得太大了，因为厉浅洛用烟灰缸玻璃碎片划破了付辛茹的脸，又将她暴打了一顿，还有那个蓝颖一起挨了打。

这件事情不但上了新闻热搜还惊动了警察，最后她和郁晚晚一行人被带到了警局。

允起是在热搜上知道这件事情的，他第一时间就汇报给了斯靳恒。

夜色渐浓，在派出所录过口供之后，厉浅洛和郁晚晚被分开关着。付辛茹和蓝颖作为受害者录完口供后就被放了出去。

付辛茹走之前还不忘警告厉浅洛："你就在这等着吃官司吧！我要把你告到牢底坐穿！"

"我呸！警察，她威胁我你们还放她出去，不公平！"厉浅洛不屑地看了一眼付辛茹，然后故作可怜兮兮地看着正在办案的年轻人。

付辛茹和蓝颖走后，厉浅洛正琢磨着这件事情千万不能让斯靳恒知道，要不然给陆梓熙打个电话，让他先把自己保出去再说。

就在这时，外面传来一个男人洪亮的声音："厉浅洛，郁晚晚，可以走了！"

可以走了？厉浅洛双眼一亮，随即又想到不对，谁保她们出去的？该不会是……

第五章　总裁让你上车

还真是！厉浅洛狼狈地从派出所出来，看到那辆黑色迈巴赫，就知道自己的猜想完全正确。

“晚晚，我今天晚上去你家跟你挤挤吧！”她拉着郁晚晚的衣角，可怜兮兮地哀求。

正在郁晚晚纳闷的时候，从车上下来一个男人，看着厉浅洛恭敬地开口：“夫人，总裁让你上车。”

“那个，我先不上车，等下我和我朋友一起回家就行了，呵呵！”好尴尬。

“夫人，我已经叫过车了，会把您的朋友安全送到家，您放心！”允起不着痕迹地擦了擦冷汗，原来夫人也怕他们家大总裁啊！

“谁让你多管闲事的！我送！我送！”厉浅洛拉着郁晚晚的手腕就要往前走。

“去哪？”熟悉的声音从打开的车窗内传了出来。

厉浅洛立刻停下脚步，深吸一口气，微笑开口：“斯总，您先忙，我只是把朋友送回家，不麻烦您了。”

“上车！”霸道又冷硬的命令，让处于挣扎中的厉浅洛最后不得不松开郁晚晚的手，乖乖上了车。

郁晚晚纳闷地看着上车的女人，浅洛好像很怕她老公？

“郁小姐，您在这里稍等一下，车马上就来。”允起打断郁晚晚的胡思乱想。

“好的，多谢。”这个问题下次见了浅洛得好好问问。

车上开的冷气让厉浅洛打了个冷战，她紧紧地贴着车门不敢随意乱动。

允起从后视镜看了一眼眼睛紧闭的斯靳恒，他赌一块钱，总裁正在头疼，该怎么处理他老婆。

而当事人厉浅洛看着斯靳恒一直不说话，好半晌才慢慢放松了紧绷的身体。

车直接开到公司楼下，正当厉浅洛纳闷的时候，身边的男人先下了车。

“怎么，需要把你扛下来吗？”斯靳恒面无表情地盯着并没打算下车的小女人。

那倒不用！

厉浅洛立刻打开车门下来，小跑着来到斯靳恒身边。

晚上七点多，公司还有人在加班，三个人直接到了66楼总裁办公室。

斯靳恒进了办公室以后直接打开电脑开始办公，也不说话，厉浅洛一个人无聊地在办公室晃来晃去。

半个小时后。“斯靳恒，我能玩一下你的手机吗？”

手机递到她面前，厉浅洛好奇地打量了一下斯靳恒最新款的手机，手感真好。

“斯靳恒，密码是什么？”

斯靳恒顿了一下，才吐出一串数字。

“斯靳恒，1025是谁的生日吗？”

回答她的是一阵沉默，女人也不介意，靠在沙发上浏览他的手机主页面。

壁纸是一个女人，笑颜如花，不过看着很眼熟。哦！好像是那个国际巨星——莫雅薇。

她曾经有一段时间很喜欢她呢，最最喜欢她演的那个叫《我们的青春季》里面的女主。难道斯靳恒也喜欢她吗？

没有想太多，厉浅洛直接找到微博软件，打开他的个人微博，准备退出他的账号登录自己的。

无意间看到他有好多未读私信，好奇心作祟，她略微地翻了一下他的私信。基本上都是商业信息，不过其中与一个叫“薇”的好友的聊天记录给删了，但是对话框还在。

最后一次私信是在半个月前，谁呀？他喜欢的女人吗？

然后她又去翻他的关注，惊喜地发现居然有自己耶！可是，他是什么时候关注自己的？她怎么不知道？

不过这样也正常，她粉丝那么多，从来没太在意过这些。

随后又发现他也关注了莫雅薇的账号，看来他很喜欢莫雅薇。

原来总裁也追星。

登陆上自己的微博账号，厉浅洛刷新了今日热门新闻，终于知道斯靳恒是怎么知道她进了所里。原来自己和晚晚上了热搜，热搜评论里很多人连她曾经的身份都扒出来了……

只是，这斯靳恒越淡定她就越不淡定，因为不知道他到底会不会怪自己，她心里很没底！

正在刷微博过瘾的时候，手机上来了条微信提示。

她看到一个叫“薇”的好友给斯靳恒发来消息：“阿恒，忙不忙？”

“斯靳恒你微信有新消息！”她望着男人的眼神有点生气，对方一看就和微博上是同一个人，并且是个女人，叫他名字还叫得那么亲密。

“谁？”他头也不抬。

“薇，叫你阿恒……”空气中开始弥漫酸酸的气息，斯靳恒签字的手顿了一下。

“不用理会。”男人继续看文件。

厉浅洛却是坏坏一笑，让你平时吓唬我！我要去调戏调戏那个美女！

“不忙，你呢？”

“恒，我想你了，什么时候从帝城回来。”对方回复消息速度很快。

哼，这关系真不一般，还想你了……

“我也想你了宝贝，我很快就回去了。”哈哈哈哈，厉浅洛在心底偷笑。

微信那边的女人握紧了手机，这好像不是斯靳恒的语气，回复道：“嗯，可以和你视频吗？想和你说说话。”

“好啊！”厉浅洛爽快地答应了，然后把手机摄像头赶紧对准斯靳恒。

手机忽然被夺走，正在响起的视频通话邀请也被他挂断。

男人大概翻了一下聊天记录，呵斥道："谁让你给她回信息的！"他似乎生气了。

"无聊就回了。"

"你会不会老实一下，天天除了惹事还会干什么！"男人铁青着脸打了几个字：刚才不是本人。

厉浅洛好心塞，他这是在嫌弃自己吗？委屈地红了红眼眶，不服气地说道："不就是回你个信息吗，你至于吗？"

"就知道坏事！"斯靳恒烦躁地坐到电脑面前。

"不让回，拉黑好了，还留着她的微信干吗？"这才相处了几天，就开始吵架了，这真的是一段最不理智的婚姻！

"让允起送你回去！"他拿起座机话筒准备打电话。

"不用，谁稀罕让人送，我自己会走！"厉浅洛站起身来甩上门头也不回地离开。

从斯靳恒公司出来，厉浅洛这才想起自己身无分文，手机在和付辛茹她们的争执中也不见了。

屋漏偏逢连夜雨，肚子很不客气地跟着咕咕叫起来，简直太倒霉了！

毫无目的地晃荡在路边，厉浅洛在心里把斯靳恒骂了个底朝天后，连续的汽车鸣笛声拉回了她的思绪。

回头一看，是斯靳恒的迈巴赫，主驾驶上是允起，她的脚步没有停，继续往前走。

准备找个公用电话给陆梓熙打个电话。唉，还是男闺蜜比较靠谱，每次遇到困难他都能出现。

允起先将车停在路边，本来想着下来先好好劝劝她的。没想到厉浅洛看到允起下车，就主动走了过来。"我饿了，又没带钱，你去给我买点吃的吧？"女人脸上扬起甜甜的微笑，让允起愣了愣，虽然是在晚上，他仿佛感觉到了太阳般的温暖。

条件反射地点了点头，往周围看了一圈，不远处只有一家肯德基，允起忙不迭地问：“夫人，那边有个肯德基，您想吃什么？”

“都行，我不挑食。”

允起小跑着去了肯德基。

厉浅洛确定他进了肯德基的门，加快脚步走向路边的迈巴赫，还好车钥匙没拔。

发动汽车，毫不留情地消失在马路上。

当允起颠颠儿地从肯德基跑出来时，才发现人和车都不见了，他呆立在原地。

好半晌后，他胆战心惊地从口袋里拿出手机汇报：“总裁，夫人自己开着车跑了……”

第六章　夫人自求多福

“……去追！”斯斬恒放下手中的笔靠在椅背上，他在思索一个问题，自己是娶了个老婆回来还是带了个女儿回来？

斯斬恒冰冷的声音让允起打了个冷战，结束通话后哭丧着脸又打了几个电话。

这边厉浅洛开着车一路狂飙到陆梓熙的公寓，在陆梓熙那里吃了他女朋友给做的面后，两个人一起去了赛车场。

SL集团里，允起抖着手挂掉电话，看都不敢看面前的男人。

斯斬恒率先开口：“谁？”

“总裁，是交警大队的。”允起不着痕迹地擦了擦冷汗，厉浅洛真是好样的，上午打架斗殴，晚上刚从派出所出来就又被交警盯上……总裁，碰到这般不省心的老婆，您自求多福。

“说！”

“超速被一路摄像头拍到，现在您的车子坐标在擎豪赛车场地。”夫人，您也自求多福！

接下来办公室内很安静，安静到让允起开始天马行空地想象，夫人接下来命运会如何？

“去把薄亦阳车库的那辆赛车开过来。”男人点燃一根香烟，吸了一口缓缓吐出一个烟圈，拿出手机给好友薄亦阳拨通了电话。

赛车场内厉浅洛开完三圈赛车放松过后，心情甚好。

和一帮美女打着哈哈，胡聊乱侃。

正聊得兴奋的时候，一辆陌生又高级的赛车稳稳地停在赛场内。

旁边响起此起彼伏的惊呼：“哇，F1顶级赛车！”

“啊，妈呀，真的是，我只在电视上见过呢！”

“啊啊啊，我好激动啊，居然见了真车！”

“制动盘、车身、底盘等全部使用碳纤维，造价极其昂贵，四个轮胎都可以买一部法拉利跑车了！方向盘专用可拆卸，最起码3万美元，双离合变速箱是世界上换挡最快的，最好的变速箱，仅需2毫秒。一个引擎都将近200万元，并且用完四场比赛就彻底报废！不惜成本的打造，这恐怕是世界上最贵的赛车了！”陆梓熙认真地说出，因为他一直以来的梦想就是这辆车。

厉浅洛无所谓地喝了口啤酒，反正她也不关心赛车。

“厉浅洛，上车！”熟悉的声音从车里传出来，让厉浅洛一口啤酒没咽下肚，硬生生地被呛了一下。

“你都不会慢点！多大的人了，喝个啤酒都会被呛到。”陆梓熙无奈地给她拍了拍背，这一幕落入车内男人的眼中，甚是扎眼。

“陆梓熙，比一场如何？”

陆梓熙想起来了，这个能冻死人的声音正是那天晚上在酒吧的男人，厉浅洛的老公！

他眼神复杂地看了一眼厉浅洛，二话没说就上车了。

“厉浅洛，上车！”斯靳恒往窗外弹了弹烟灰，最后深深地吸上一口，掐灭烟头扔进烟缸里。

“哇，好帅的男人。”旁边的女人激动地捂住自己的嘴巴，她从来都没见过这么帅的男人，虽然天色有点黑，但是不难看出他大概的模样。

“哇哦，帅哥，下车一起嗨呀！”女人聚在一起，尖叫连连。

“浅洛，帅哥叫你呢！”帅哥、豪车、名表……女人们看到斯靳恒全体沸腾！

准备偷偷溜走的厉浅洛对着空中翻了个白眼，只得回头坐进斯靳恒开的赛车内。

两辆赛车同时停在起始线上，很多人都拿出了手机准备录像，不愿错过这场精彩的比赛。

啦啦队美女吹口哨的声音都比平时大了几个分贝!

哨声一响，两辆车同时窜了出去，没几秒钟F1赛车就不见了踪影。

而陆梓熙的车，比它落后了十几米。

F1车内厉浅洛紧紧闭着眼睛，压抑住身体传来的不适。她这个开车老手，也被斯靳恒开车的速度给整得整个人都不舒服了。

陆梓熙被甩了好远，厉浅洛艰难地开口：“慢点，慢点……”

斯靳恒不但没有慢点，反而加快了速度，吓得厉浅洛直接尖叫出声：“斯靳恒要死了！”

“我不会死，现在应该担心你自己！”男人的声音没有任何异常，让厉浅洛真是羡慕妒忌恨!

紧紧地抓着安全带和扶手，不到两分钟，三圈全部跑完，陆梓熙的车整整落下一圈。

“哇！好帅啊！”

“帅哥，一起嗨！”女人们示好的声音都快冲破云霄。

斯靳恒没有理会厉浅洛的不适，直接开着车带着她驶出了赛车场地。

“好心疼啊！几圈跑下来，F1消耗了几十万！”陆梓熙没有输掉比赛的沮丧，还在替赛车感到可惜，众人全部无语。

“唉，土包子就是土包子，跟刚才的帅哥就是没法比！”一个美女摇了摇头，在她眼中陆梓熙就是个穷酸小子。

陆梓熙不屑理会这种女人，看了一眼迈巴赫，算了！先扔到这里吧，他又没钥匙。将赛车开回车库直接回了公寓。

厉浅洛一路都是闭着眼睛回到别墅的，斯靳恒开车的速度让她有点吃不消，再加上车子本身性能好，要是换了平常人，早就下去大吐特吐了。

斯靳恒跟个没事人一样，看都不看一眼后面的女人，下了车走出车库。

厉浅洛决定，以后不再赛车，这次她真的坐恶心了!

回到房间，之前没看到床还没感觉到累，现在看到床只感觉困意全部袭来。

厉浅洛现在只想睡觉，睡觉！她快速跑到浴室冲了个澡，一直到出来都没看到斯靳恒的身影。算了，管他呢！她现在还很生气，睡觉！

无意间瞄见桌子上放着一个包，咦？那不是她的包包吗？谁给她拿回来的？

难道是他让人送回来的？

手机充上电打开时已经一点多了，微信传过来一条斯靳恒刚刚发送过来的消息。

“这段时间我没空陪你闹，从明天开始，你要是想上班就好好去上班，不想上班就老实在家待着。”斯靳恒忍住去教训小女人的冲动，洗澡前给厉浅洛发了条微信。

他应该还在生气吧？厉浅洛咬了咬下唇，最后也没给他回话，就直接睡觉了。

没有两天厉浅洛和郁晚晚又去面试了一家服装店的导购，好在这次没有碰到乱七八糟的人，面试很顺利。

和店长说好上班的时间，厉浅洛算是松了一口气。

不过她想到了另外一件事情，那就是她和斯靳恒已经五六天没见了。

趁着下班早问了问杜嫂，才知道是斯靳恒在公司太忙，一直都在公司住。

心疼了两秒，厉浅洛决定给斯靳恒送点换洗的衣服，那天毕竟是她的不对。

他们两个又不是真心相爱，更不是为了爱情而结婚，她不该翻他的手机，不该乱动他的私人消息的！

想到这里，她去斯靳恒的衣帽间里取了几套衣服。

车库里玛莎拉蒂依然好好地放在那里，钥匙杜嫂也早就给她了。所以，厉浅洛开着玛莎拉蒂去了他的公司。

地下停车场门口，保安虽然不认识厉浅洛，但是认识她开的车，还有那熟悉的车牌号。

厉浅洛顺利进入SL集团的停车场，因为来过一次，所以轻车熟路地直接按了电梯去了66楼。

正在办公的秘书们听到电梯门打开的声音，都好奇地看过来。

允起看到厉浅洛，像欢迎巨星般连忙迎了上来。但是一想到办公室的总裁此刻在做什么，心中又开始暗叫糟糕！

第七章　他有老婆了

一眼就看到了允起，厉浅洛浅笑着跟他打招呼："你好，帅哥，我就来看看斯靳恒！"

允起尽量让自己看起来很淡定地说："那个，总裁在忙，我进去通报一声！"

"不用了，我送个衣服就走啦！"厉浅洛速度比较快，允起没拦得住，眼睁睁地看着总裁办公室的门就这样被打开。

允起捂着脸走回了办公区域，他能说总裁完蛋了吗？

办公室内。

"……靳恒哥哥，好不好嘛！"斯靳恒冷眼看着这个青梅竹马的小妹妹坐在自己的腿上，平时她看到他可是跑得最快的，这次看来是被逼急了，连他的主意都敢打。

他正要开口，办公室的门就从外面被打开了。

几天不见的小女人，挂着献媚的笑容站在门口。只是……那笑容连一秒都没有，立刻变成了愤怒。

"斯靳恒！"女人咬牙切齿地爆吼，让外面的几个特助和斯靳恒怀里的女人都吓得不轻，允起更是当起了缩头乌龟，假装自己什么都没听到。

"靳恒哥哥，她是谁啊？"薄亦月一时间忘了从男人腿上站起来。

厉浅洛看到斯靳恒在公司和别的女人纠缠在一起，肺都快气炸了，踩着五厘米的高跟鞋踏入办公室，把手里提的衣服摔到办公桌上。

几份文件都被撞到地上，薄亦月吓得赶紧从斯靳恒身上跳了下来。

她好佩服这个女人啊，她要跟她交朋友，居然敢跟斯靳恒发火，My God！

"小美女，别被他人模人样的外表骗了，他有老婆了，不光在公司，在手机上还勾搭美女，你千万千万不要被他骗了！”

这是什么情况？薄亦月有些懵。

“斯靳恒，你这个渣男！”似乎还不够解恨，厉浅洛愤怒地锤了两下办公桌，然后扭头就跑了！

“站住！”她完全忽视身后的命令，冲出了办公室。

让人更懵的是，厉浅洛还不忘找到允起，“允起，你老板到处泡妞，你怎么可以任由他残害无辜的花朵！监督都不到位！”

允起真的要跪了，这关他什么事啊！

几个秘书久久都合不上嘴巴，这个女人好厉害，敢这样跟总裁和总裁助理说话，不怕总裁一个不顺心雷霆大怒吗？

薄亦月在厉浅洛走了以后猛然回神，看着斯靳恒铁青的脸色，连忙偷偷地溜了出去，连招呼都不敢打。

“允起，允起，刚才的那个女侠是谁啊！”薄亦月好奇地问，她一定要和她做朋友。

“小姑奶奶，你就别唯恐天下不乱了，要不你亲自去问总裁？”这俩都是祖宗，不！国外还有一个更牛的祖宗，所以，总裁身边的女人都是祖宗！

听到允起让她自己去问，薄亦月抱着包就溜了。

斯靳恒冷眼看着办公桌上的狼藉，打开手提袋，里面装着他的衣服。

原来这个小女人来给她送衣服了，看来她还知道惦记自己！

“允起！”

电话响起，斯靳恒的声音让允起立刻站了起来。

“总裁，我在！”

斯靳恒交代了几件关于薄亦月的事情就挂了电话，这让允起很庆幸不用给自己提前选墓地了。

他跟了斯靳恒十年，还没见过一个女人敢在他面前这么猖狂呢！难道这就是真爱？

不对啊，总裁爱的明明是那个，难道爱两个？也不对……算了，算了，不想了，总裁的心思就像马里亚纳海沟里的针啊！

厉浅洛从办公室冲出来以后，满腔怒火，开着玛莎拉蒂飙了出去。由于车速太快，无意间让她想起自己上次坐斯靳恒的赛车那种恶心，就又放慢了速度。

因为心情不好，她约上陆梓熙和郁晚晚一块去聚餐，还喝了点酒，聚餐结束后厉浅洛已经喝醉了。

郁晚晚因为家里有事，提前走了，只剩下陆梓熙和厉浅洛。

看着醉在沙发上不知道东西南北的女人，陆梓熙发誓以后再也不陪她喝一口酒！

“喂，你家住哪？”厉浅洛结婚后就不知道搬到哪里去了。

但是她好像睡着了，理都不理陆梓熙的问话。陆梓熙拿出她的手机翻了一下，有密码解锁不了……

无奈，只能先把厉浅洛抱到她的车上。不仅充当司机，还忍着心痛，找了一个五星级酒店给她开了个房间。

看着将近一个月的工资就这样出去了，陆梓熙心疼到想揍厉浅洛一顿。

“以后你有钱了，我一定加倍要回来！”陆梓熙把她扔在床上，给她脱了鞋盖上被子，就先离开了。

只是让陆梓熙没想到的是，他前脚刚踏进电梯，后面厉浅洛就光着脚从房间跑了出来。

女人一脸迷茫地看着周围的环境，卫生间，卫生间呢？她好想吐……

怎么找不到卫生间呢？定神一看，哦，她怎么跑出房间了？

这次刚走没两步，双腿一软差点就跪在了地上，还好有人从旁边扶了她一下。

厉浅洛抬头看着扶着自己的男人，瞬间笑开了花，“哇，好帅的帅哥！”

赫连宇拓这才看清因喝醉脸色红扑扑的女人，原来是她！

那天她和朋友在马路边上穿着羽绒服发传单的时候，他就在车内等红灯，她大夏天的穿着羽绒服工作，所以他对她印象挺深刻的。

看了一眼前面被打开的房门，这应该是她的房间吧？

“这是你的房间？”

“对啊，我要找卫生间，我想吐！”蔫蔫地靠在男人的怀里，厉浅洛感觉自己快要虚脱了。

赫连宇拓好笑地将她打横抱起，暗叹帝城真小，来这里半个月碰到她两次了。

身后的两个助理看到赫连宇拓抱着厉浅洛要进房间，连忙阻拦，“先生，这个女人不简单！无缘无故出现在先生住的房间附近，肯定有问题。”

“你们先回去休息吧！”赫连宇拓没有回头，吩咐了一声就进了房间。

把她送到浴室，赫连宇拓还不忘贴心地问：“用不用给你放点水洗洗澡？”看她的样子，应该洗个澡清醒一下。

“好，我要泡澡。”趁着放水的时间，赫连宇拓拿起房间的座机，给服务台打了电话，叫上来一名女服务员。

让她帮厉浅洛脱掉衣服，扶她进浴缸才离开。

本想着自己先回房间换个衣服，只是她放在沙发上的手机不断响起。

犹豫了一下，赫连宇拓拿起了她的手机。

“老公？”看到来电显示的备注，他眉头微皱，又看了一眼浴室，她结婚了？

第八章　她在洗澡

接通电话，电话那头传来一个男音。

“厉浅洛……”

原来她叫厉浅洛？

“你好！”

坐在迈巴赫后座的斯靳恒本来闭着眼睛，听到话筒里传来的男声，蓦然瞪大了双眼。

“厉浅洛呢？”

电话那头冰冷的声音，让赫连宇拓感觉有点熟悉。

“她在洗澡！”

“你是谁？”

赫连宇拓感觉到电话那头男人危险的气息，无声地笑了笑。有这种强烈冷傲和霸气的男人没几个，他大概能猜出来是谁了。

“我对她很有兴趣。”

斯靳恒霸道冷酷地宣布：“可惜她结婚了，和我！”

果然！赫连宇拓猜对了！不过他没有放弃，故作不屑地问：“那又怎样？”

稳稳地将车停在酒店门口，斯靳恒大步地踏进酒店大厅，门童连忙给他拉开了门，讨好地问候道：“斯总好！”

来到赫连宇拓说的房间号，右手敲门，左手不自觉间握成了拳头。

开门的居然是他！斯靳恒眼底划过一抹讶异，再看到赫连宇拓身上的浴袍后，原本就冰冷的双眸此刻满是怒火。

斯靳恒大力推开房门走了进去，下一步就要推开浴室的门，就在他要扭动门把手的前一刻，被一只有力的手所阻拦。

“现在进去不好吧？”赫连宇拓就是这样，无论发生多大的事情，脸上永远都带着微笑。

“她是我的妻子，哪里轮得到你来管！”空气中渐渐地散发出火药的味道，只是他们高贵的修养，让两个人都忍住了动拳头的冲动。

“着什么急，先喝杯红酒。”赫连宇拓微笑着端起茶几上的红酒，递给他一杯。

斯靳恒左手插在口袋里，右手接过赫连宇拓递来的红酒，一饮而尽。

赫连宇拓轻轻地笑了，随即又往他的酒杯里倒上了三分之一的酒。

就在斯靳恒快没有耐心的时候，无意间扫到床上整整齐齐的被褥，一抹疑惑划过他的双眸。随即就明白了什么，笑了。

赫连宇拓看到他的笑，再顺着他的目光望去，也明白了，真是一个聪明的男人！

“这个是浅洛的房间，我的房间在对面，要不要去看看？”赫连宇拓优雅地晃了晃手中的红酒杯，抿了一口红酒。

“赫连先生激怒我，对你没有好处。”他这轻描淡写的警告，却让赫连宇拓哑然失笑，这个世界上敢惹怒他的人，还真没有。

但是敢威胁他的，斯靳恒是第一个。

那好，既然这样，他对厉浅洛更感兴趣了。

房间内安静了不到两分钟，浴室的门终于从里面被打开。

女人从浴室裹着浴巾走了出来，脸蛋因刚洗过澡泛着红晕。

斯靳恒铁青着脸大步走过去，将她丢到床上，用被子将她浑身上下遮盖得严严实实。

“厉浅洛！你清醒点。”

被扔到床上的厉浅洛听到熟悉又冰冷的声音，立刻清醒了不少。

“渣男，你来干吗？”

这毫不客气的讽刺让斯靳恒强忍着怒火，转身去浴室把她的衣服给拿了出来。

“穿上衣服，我在外面等你！”

走廊上一阵安静，两个男人各怀心思地站在原地。

没两分钟，厉浅洛就抱着包包走了出来，看到帅气的赫连宇拓，妩媚地开口：“嗨，帅哥！”

斯靳恒压下心中的怒火，略微粗鲁地抓住她的手，“回家！”

说完拉着她就要走，赫连宇拓却挡住了他们的去路，“浅洛似乎不愿意跟你走。”

斯靳恒冷冷地斜了他一眼，“赫连先生，这是我们的家事，你什么时候闲得都有空管别人的家事了？”

没想到这个时候厉浅洛却挣脱了斯靳恒的控制，直接凑到赫连宇拓面前拉起了他的手臂，借着醉意道：“帅哥，我不要跟他走，你带我走好不好？”

不远处正捧着一煲汤的陆梓熙在电梯口看着这一幕完全惊呆了，连往前踏一步的勇气都没有。

两个男人气势都很强大，这场景分明就是情敌相见分外眼红啊！

斯靳恒很干脆地一把将喝醉的女人重新拉回来，抵在墙上封住她的红唇。

陆梓熙惊呆地捂住自己的嘴，好吧！他承认，这个男人的确很man！

感受到熟悉的气息，厉浅洛既没有睁开眼睛也没有再挣扎。

赫连宇拓沉默。

许久之后，斯靳恒看着厉浅洛，口中的话却是对赫连宇拓说的，“赫连先生，看到了我和我的小妻子有多么恩爱了吧？”

走廊内响起轻微的脚步声，直到一个房门被锁上，斯靳恒这才抱起了厉浅洛。

下一刻男人又是一个凌厉的目光扫向电梯口，陆梓熙吓得赶紧钻进电梯，颤抖着手按下了去一楼的按键。

妈呀！那个男人也太可怕了，厉浅洛你还敢跟着我一起喝得那么醉，我先逃了，你自求多福吧！

斯靳恒抱着厉浅洛上了迈巴赫，载着她返回别墅。

一路上厉浅洛因为脑袋晕乎乎的，还算老实，就在一个拐弯处，她忽然开口：“停车！我要吐了！”

“吱——”紧急刹车声在黑夜中显得特别刺耳，斯靳恒低咒了一声，快速下车将厉浅洛给抱下来。

厉浅洛在路边大吐特吐，等到她吐得差不多了，酒也醒了不少。

一瓶纯净水递到她的面前，厉浅洛接过来将一瓶水全部漱口。

斯靳恒只得又从车上拿了一瓶水打开递给她，“喝一点！”

厉浅洛很听话地喝了几口水，扶着路边的大树长长地舒了一口气。

唔……舒服多了！

“舒服了？”男人冷冷地问。

厉浅洛想起白天的事情，到现在也没有理会他的欲望，径直地往车上走去。

屁股都还没挨到座椅，就被斯靳恒拉了出来，“厉浅洛，清醒了？”

“嗯！干吗呢？”

“干吗？你说呢！”被大力地塞进后座，厉浅洛心惊地看着脸色不好的斯靳恒，有种完蛋的感觉，本能地要挣脱掉他的控制。

“别，斯靳恒，我错了……”她低低地哀求。

他掀起眼皮看了她一眼，淡淡地说道：“不行？刚才对别的男人是不是也这样故纵欲擒的？嗯？”

听到他的讽刺，她狠狠地白了他一眼，“胡说八道什么啊。什么男人？该死的放开我！”她的双手被他给紧紧控制住，想挣脱都没机会。

不理会她的挣扎，斯靳恒附在她耳边问道：“你说我该怎么惩罚你这段时间惹的祸？”他的声音说不出的邪魅，让她打了个冷战。

该死的男人！她要造反！

第九章　斯总威武

第二天，厉浅洛是在闹钟响起后才起来的，已经是中午十二点半。迷茫地看着自己的房间，她都差点忘记自己是怎么回来的。

今天是第一天上班，下午班三点到店里就可以，谢天谢地她还能多睡一会儿。

不对！一个片段从脑海里闪过，让厉浅洛瞬间没了睡意。

她昨天好像去了酒店，然后抱了一个不是斯靳恒的男人……

隐隐约约想起一张帅气的面孔，那个男人是谁？她怎么都想不起来了。

天啊，这都是些什么事儿啊，不行，以后戒酒，戒酒！

蓝岛商场内，正在上班的厉浅洛接到一个陌生电话。

“你好，这里是帝城人民法院，请您来领取法院传票！

法院传票？戚泽明他们开始有动静了吗？

“能具体一下吗？”

“原告付辛茹女士以故意伤人等罪名将被告人厉浅洛女士起诉。”电话那头传来男人冰冷的声音，让厉浅洛有种要进监狱的错觉。

“嗯，我知道了，谢谢你！”

“客气了！”

犹豫了好久，厉浅洛还是决定给斯靳恒打电话，也只有他能帮自己了。

正在工作的斯靳恒，忽然感觉到手机一阵震动。看到来电显示是那个小女人，嘴角不着痕迹地微微勾起。

“说！”

电话那头冰冷的声音把厉浅洛吓得差点忘了打电话干吗，脑袋一片空白，她呆呆地吐出几个字："斯大总裁，求帮忙。"

"我知道了，你忙你的。"

"知道了？你知道什么啊，我还没说什么事情。"厉浅洛揪着一棵绿植来回地把玩。

"除了戚泽明的事情，还有别的吗？"能把戚泽明的仇恨记得那么深，是不是应了一句话，爱得越深恨得越深？

"嘿嘿，斯总威武，那就麻烦你了，拜拜！"

付辛茹听说厉浅洛拒收了法院传票，气得要吐血。

她让人查清厉浅洛目前的下落，才知道她又去了另外一个地方工作，随后又带着人上门去闹事。

"能被牵走的狗，都不是什么好畜生！"厉浅洛不屑一笑，不顾周围的议论纷纷，还有戚泽明难看的脸色，"一个渣男而已，付小姐既然喜欢就牵走好了。"

当初是她瞎了眼，交到这么一个狼心狗肺的男朋友和心机深重的好闺蜜！

"浅洛你在说什么？你听我跟你说……"付辛茹假扮柔弱地想跟她解释。

"听你说？听你说什么？说你和戚泽明背着我做了些什么？说你们怎么狼心狗肺偷偷摸摸……"

随着"啪！"一声清脆的耳光，整个世界都安静了，本来心里极为愤怒的付辛茹，看着扬起手的戚泽明得意地笑了。

厉浅洛硬生生地吃了一巴掌，脑袋狼狈地偏到一旁，不过很快，她捋了捋自己的头发，整理好自己的仪容，恢复平静。

"果然是白莲花配狗，祝你们天长地久呀，狗男女。"厉浅洛面无表情地拿出手机，哎，关键时刻还得靠他。

"老公……"正在进入会议室的斯靳恒，听到这个软绵绵的称呼，脚步顿了一下。

他把手机从耳朵上拿下来又看了一眼，确定是她那个小女人的手机号码没错!

“老公，你老婆在商场被几只狗咬了呢，我不要活了……呜呜呜……”前一刻还在冰冷高傲不屑的女人，此刻嘟着嘴无比委屈地在告状，看得在场所有的人都愣住了。

付辛茹不知道她老公是何许人也，只知道她现在很庆幸，庆幸当初和她一起在电影学院当同学的时候，暗中推掉很多想跟厉浅洛合作的电视剧和广告。

就看看她的脸蛋和此刻的变脸速度，完全可以靠着自己的实力担得起演员这个职业。

“哪个专柜？”

“三楼奇迹女装。”

“好，我知道了。”

挂断电话，斯靳恒淡淡地吩咐允起：“会议推迟，具体时间另行通知。”

然后留下一群高层一脸懵地你看看我，我看看你。

半个小时后，厉浅洛发现自己给斯靳恒打电话简直就是最明智的选择。

斯靳恒的到来不但震惊了戚泽明和付辛茹，还处罚了不分青红皂白让厉浅洛道歉的领导。

还有更让人想不到的，那就是斯靳恒对戚云忠的公司开始着手打击。

没有一个月，戚家和付家全部落败，公司被SL集团收购。

厉献呈的案子被重新调查，还了他一个清白。

这件事情暂时尘埃落定，斯靳恒不放心厉浅洛去外面工作，便在自己公司给她安排了一个职位，让她在自己的眼皮底下工作。

一天傍晚，厉浅洛收到斯靳恒的消息：“我妈这两天过来帝城。”

啊？她婆婆要来了？厉浅洛瞬间紧张得不得了！为了给婆婆留下好印象，她专门跑去商场买了礼物，还亲自给她收拾了房间。

“少爷，少夫人，你们回来了。”

刚和斯靳恒一起回到别墅，厉浅洛就感觉到气氛不太寻常，杜嫂的表情也略显怪异。

斯靳恒若无其事地拉着她的手往客厅走去，客厅的真皮沙发上坐着一个女人，看上去只有三十多岁的样子。

只是她皱着眉头，红唇紧抿，任谁都可以看出来她的心情很不好。

斯靳恒带着厉浅洛来到女人的面前，给她们彼此介绍，“妈，这是我的妻子浅洛。浅洛，叫妈。”

“妈，您好！我是浅洛。”厉浅洛有点紧张，她好久没有叫过妈这个字了，猛的一叫出来，还真有点不习惯。

“不要叫我妈！”慕若烟直接嫌弃地白了一眼厉浅洛，“阿恒，你怎么还把这个狐狸精给领回来了？”

狐狸精？她吗？厉浅洛有点迷茫，她什么时候成狐狸精了？

斯靳恒脸色阴沉下来，口气跟着冷了三分，“妈，厉浅洛是我的妻子，我希望您能尊重她。”

他这么说，让厉浅洛特别特别感动。

慕若烟声音略微尖锐地嘲讽道：“我不承认她是斯家的儿媳妇！斯家的儿媳妇只有一个人，不会是她这个狐狸精！”

慕若烟认为是厉浅洛勾引了她的儿子，要不然儿子怎么会突然抛弃雅薇这个他喜欢了十几年的女人。

“妈，浅洛给你买了礼物。”斯靳恒对她的话恍若未闻，轻轻碰了一下厉浅洛。

厉浅洛立刻从包里拿出准备好的耳钉，“妈，初次见您不知道您喜欢什么，就给您买了……”

没想到慕若烟看都不看一眼她给挑的礼物，直接一巴掌拍掉在地上。

第十章　薇薇是谁

望着掉在地上的礼物，厉浅洛心有点疼，深吸了口气，刚想说话，旁边的斯靳恒就快她一步冰冷地开了口：“不可理喻，洛洛，我们上楼！”

“阿恒，你为了这个狐狸精居然这么说我！”慕若烟难以置信。

斯靳恒不理会她的话，拉着厉浅洛直接上了楼。

厉浅洛走到房间门口时，她看到自己的东西都被扔了出来，门外门内一片狼藉。

她这个婆婆是有多不喜欢自己？那她心中最合适的儿媳妇人选是谁？

不过，这个时候她应该保持沉默，让斯靳恒来解决。

斯靳恒也没让她失望，先把楼下的杜嫂给叫上来。

不过，跟着杜嫂一起上楼的还有慕若烟。

“去把夫人的东西收拾到我的房间去。”斯靳恒面无表情地对杜嫂说。

“斯靳恒！你怎么能让这个女人住到薇薇的房间，还把薇薇的东西全扔了，你太让我失望了！”慕若烟第一次连名带姓地叫儿子，看来真的很生气。

薇薇？厉浅洛听到这个名字，愣了一下，她忽然想起那天斯靳恒微信上的薇，这……是同一个人吗？

“我对您更失望！”斯靳恒只是脚步顿了一下，随后头也没回地拉着厉浅洛进了房间。

“你！杜嫂，不许收拾，把她的东西全部扔出去！”慕若烟看着紧闭的房门，气得手都是颤抖的。

他这个儿子从小到大都很听话，这次居然敢瞒着家里的人偷偷和一个女人结了婚。

她调查过了，这个女人之前家庭条件是挺好的，现在已经什么都没有了。

她这种身份怎么可能配得上阿恒，这个女人本身肯定也不简单，所以，她一定不会让她在斯家多停留一天。

不行，她一定要薇薇赶紧来帝城！

斯靳恒回房间换过衣服，带着厉浅洛去吃了点饭，然后直接去了商场，准备把她的所有东西都换成新的。

“斯靳恒，要不然我先搬出去住吧，因为我让你和……咱妈的关系闹僵，不至于。”说到底，他们两个结婚领证又不是因为爱情，只是各有所需罢了，为了一个不是很重要的女人，跟家人闹僵，斯靳恒什么时候这么傻了？

“去，把这几套衣服试试。”斯靳恒直接忽略她的话，快速果断地给她挑了几套衣服把她推进试衣间。

随后，他将厉浅洛所试过的衣服鞋子全部打包，并叫来允起，把她所有的东西都送回别墅放进自己的房间。

慕若烟看着进进出出的允起和杜嫂几个人，一股怒火从心底升起，一把夺过允起手中的化妆品礼盒准备扔出去。

允起开口说道：“夫人，总裁说了，少夫人是他的合法妻子。这也是花他的钱买的，您要是给扔了，他还得重新买。”他态度不卑不亢地把斯靳恒的原话传达到位。

慕若烟本是怒目圆瞪，听到这话忽然笑了，说：“那行，你们放进去吧！”

然后转身回房，拨通一个电话，“薇薇啊，你快回来吧！出大事了……”

正是上班时间，允起带着斯靳恒的命令找到了正在工作的厉浅洛，“夫人，斯总让您过去找他一趟！”

“好的，我知道了，谢谢！”

厉浅洛避开人群，很低调地去了斯靳恒的办公室。

看到她进来，斯靳恒合上手中的文件夹，问道：“中午想吃什么？”

他叫自己来就是问她中午想吃什么？

“中午一起吃饭。”斯靳恒见她不说话，又开口道。

“哦，不了，我中午约了研发部的同事一起出去吃。”这是事实，然而斯靳恒以为她还在生气。

“别生气了，妈住几天就走了。”斯靳恒把她拉过来，自己坐在沙发上，让她坐在自己的腿上。

“我没生气，我中午真的和同事约好了。”厉浅洛的确是有那么一点不想和斯靳恒一起吃饭，看到他就会想到他妈……

“那就推了，我今天晚上最晚一趟飞机，到A国出差几天，你今天必须陪我吃饭。”斯靳恒拿出手机打给允起，报了几个菜名。

等到他挂掉电话，厉浅洛直直地看着男人深邃的眼神，轻声开口：“斯靳恒，反正你也不是真的爱我，没必要为了我和你妈关系闹僵，要不然我搬到外面住，皆大欢喜。”

“不搬！无论我爱不爱你都跟妈无关，妈那边我会解决。”斯靳恒直接拒绝她的提议。

“那……你爱我吗？斯靳恒。”她顺势问出了一个所有的女人都会问的问题。然而就这么简单的一个问题，斯靳恒却没有回答，直接吻上了厉浅洛的红唇。

半晌后，斯靳恒将额头抵在厉浅洛的额头上，眼神复杂，“你猜？”

只是，厉浅洛有胆猜，也没胆说出来啊！

待斯靳恒出差后，厉浅洛为了避免和婆婆见面，直接没回别墅，自己在酒店开了一个房间。

在斯靳恒离开的这几天，慕若烟知道她在SL集团工作，专门跑到公司闹了一通，当众大骂她是狐狸精，勾引她儿子。

毕竟是总裁母亲说的话，公司的人信以为真，流言蜚语瞬间在SL集团传开。

这一切厉浅洛全部默默承受下来，并没有告诉斯靳恒一个字。

天色渐黑，下班后的厉浅洛刚出公司，就感觉一股热气扑来，闷热的天气让她的心情更加糟糕。

刚想往停车场走，忽然伸出来一只大掌拉住了她的手腕，吓得厉浅洛差点惊叫出声。

当看到是斯靳恒时，她硬生生把即将脱口而出的尖叫给咽了回去，闭上眼睛拍了拍自己的胸脯，差点就被吓死了！

“这么害怕？想什么呢？”斯靳恒好笑地看着被自己吓得不轻的小女人，他有这么可怕吗？

第十一章　当然开心

厉浅洛白了一眼看上去很无辜的男人，嗔道：“你也不说一声就无声无息地出现，我能不被吓到吗？”

真是惊喜变惊吓！

“我可是提前一个晚上赶回来的，不开心吗？”如果她敢说个不字，那么斯靳恒就不开心了。

“开心开心，当然开心！”厉浅洛被他拉着手走向路边的迈巴赫，一起坐了上去。

看到斯靳恒她是真的开心，有种能依靠的安全感，瞬间全身的疲惫也没了。

“很累吧？”都这个点了还在公司加班，斯靳恒皱了皱眉头，公司的邪气作风该整顿整顿了。

她摇摇头道：“还行！”一切都还能承受。

斯靳恒望着女人的眼神中划过一抹柔情，踩下油门离开原地。

行至一处安静的地方，停下车。

在厉浅洛莫名其妙的时候，斯靳恒把她拉下车，打开后座车门，先将她塞进去，自己再跟着一起挤到后座上。

男人伸出双臂撑在她的两侧，吻了吻她的唇，沉声说道：“终于知道了什么叫作一日不见如隔三秋。”

出差几天满脑子都是她的身影，为什么会这样呢？

“信你才有鬼！”嘴上说着不信，厉浅洛还是忍不住扬起了微笑。

斯靳恒也不解释，缓缓吻住了她的唇。

斯靳恒一回来慕若烟还是有所收敛的，任她再厉害，最后还是被斯靳恒一个理由给打发走了。

慕若烟的离开让厉浅洛彻底松了口气，没有她的针锋相对，小两口似乎也越来越如胶似漆。

直到某一天，一个女人的出现，让厉浅洛的人生再次洗了牌。

总裁办公室里，厉浅洛正在磨着斯靳恒带她去吃火锅，可他就是不松口。

厉浅洛无奈，想尽一切办法都不管用后，她直接坐到男人的腿上，撒娇道："老公！就这一次好不好！"

厉浅洛将手腕攀上他的脖颈，脸在他胸膛上蹭过来蹭过去。

看着自己的老婆耍赖皮的样子，斯靳恒差点笑出来。不过表面上还是装着没商量的样子，想看看她为了一顿火锅到底能撒娇到哪种地步。

他还是没反应！厉浅洛这次用双手捧住斯靳恒的脸，"吧唧"狠狠亲了一口。

斯靳恒没有放过这块主动送上门的肉，直接吻了回去，就在这个时候，办公室的门忽然被推开了。

两个人同时向门口望去，厉浅洛看到一个戴着墨镜的女人，就这样推开了办公室的门，没有人阻拦。

刚想问斯靳恒这个人是谁，想起自己还在斯靳恒的腿上坐着，连忙站了起来，这里毕竟是公司。

只是，她这才发现斯靳恒的脸色不知道为什么阴沉了下来，身上散发出的冷意足以冻死人。

"怎么了？"厉浅洛顾不上来人，好奇地问情绪异常的斯靳恒。

斯靳恒把她重新拉回怀里搂着，仿佛没有看到进来的女人。

厉浅洛有点尴尬地和女人打招呼："你好，你是？"一边用手挣脱斯靳恒的搂抱。

"阿恒，我想你了。"莫雅薇摘下墨镜，认认真真地看着眼前的男人，也很满意地在厉浅洛脸上看到了惊讶的表情。

我的妈呀，她看到了谁？国际天后，莫雅薇！

“斯大总裁，真的是莫雅薇！”厉浅洛这个反应慢半拍的，还没感觉到气氛的不对劲。

不对！刚才她说，她想斯靳恒了……

厉浅洛的脸色蓦然就变了，紧紧抱着斯靳恒的胳膊，一脸防备地盯着莫雅薇。

“斯靳恒，什么情况？”她压低声音在他耳边问道。

男人还是沉默。

厉浅洛思索片刻，想起斯靳恒手机上的薇，还有婆婆口中的薇薇，难道都是她眼前的国际天后莫雅薇？

想到这个可能性很大，厉浅洛深吸了一口气，说：“老公，我们去吃火锅吧！”

声音里有不易觉察的颤抖。

莫雅薇来到他们面前，扬起唇角和厉浅洛打招呼：“你好，我是阿恒的未婚妻莫雅薇！”

如果说莫雅薇和斯靳恒没有关系，厉浅洛一定会很兴奋地扑上去，和所有粉丝一样要签名要合影。

只是，这个女人，来意不善。

斯靳恒的未婚妻？

她当仁不让地回答：“你好！我是斯靳恒的老婆厉浅洛！”

场面很诡异，两个女人开始第一次正面交锋。

躲在其他楼层的允起，在心里默默打赌，厉浅洛不是那个大明星的对手。

听到厉浅洛这句话，莫雅薇这才认真地开始打量她。

乌黑的长发扎成简单的丸子头，浓眉大眼，唇红齿白，不得不说，是很漂亮的一个女孩子！

身上穿着淡粉色的连衣裙，看上去年龄很小，但是又有富家千金的气质，应该不是慕若烟口中来路不明的狐狸精，她和斳恒一定有故事！

“厉小姐，想吃火锅吗？我请你如何？”莫雅薇双臂撑在办公桌上，脸上依然是迷人的笑容。

“不，莫小姐，你好不容易来趟帝城，应该是我和我老公做东，请你才对。”厉浅洛落落大方地回答。

“厉小姐口口声声叫着老公，未免也太不把我这个被斯家承认的未婚妻放在眼里了吧！”莫雅薇并没有当着斯斳恒的面和厉浅洛翻脸的意思，但是她需要知道这个女人在斯斳恒心中占多大位置。

“斯家所有的人都承认也不如法律承认来得实在，毕竟现在是法治社会，婚姻是受法律保护的。”

“你说的没错，可是阿恒不爱你，也没关系吗？”莫雅薇很肯定斯斳恒心里有自己，十几年的感情怎么可能说放下就放下？

“没关系啊，我爱他，他能在我身边就足够了。”厉浅洛努力忽略心中的不悦，脸上的笑容依然明媚。

他们之间根本没有爱，她拿什么和别人斗？

“守着一个不爱你的男人，厉小姐心可真大，还是你其实图的根本就是别的？”莫雅薇优雅地坐到沙发上，摆明了不把厉浅洛这个小角色放在眼里。

一直沉默的斯斳恒蓦然从椅子上站了起来，揽着厉浅洛的肩膀走出办公室。

莫雅薇看着他们的背影，果断疾步追了上去，在两个人进电梯前，她不顾一切地从斯斳恒背后搂住他的腰。

时间在这一刻静止了，秘书们吓得赶紧低头工作，多一眼都不敢看。

厉浅洛看着自己老公腰上的那双胳膊，用力给她拉开，并把她推到一边。

她冷冷地看着踉跄了一下，扶着墙才勉强没有让自己摔倒的女人，气愤地说：“莫小姐，我是斯斳恒的老婆！还有脑子是个好东西，希望你有！”

“阿恒。”莫雅薇没有感觉到难堪，只是弱弱地呼唤了一声那个男人。

厉浅洛明显感觉到斯靳恒的变化，原本冰冷的气息因为她轻轻的呼唤褪去了三分。

一抹痛楚在心中划过，浓浓的危机感像洪水一般朝她涌过来……

第十二章　我真的很想你

“阿恒，我真的很想你。”

莫雅薇楚楚可怜的声音，让厉浅洛这个女人听了都心疼，都想把她拥入怀中好好呵护。

斯靳恒按下电梯一层按键，对厉浅洛说：“乖，你先回家，我晚会儿回去。”

“我不要回去，我要和你在一起。”心底有个声音疯狂地告诉厉浅洛，不能让这两个人单独在一起。

“乖，别闹了，我处理完就回去。”斯靳恒揉了揉她的脑袋，异常温柔。

这一幕落在莫雅薇眼中很是扎眼，很久之前，斯靳恒的温柔只属于自己……

厉浅洛笑容僵在唇角，最后她还是选择点了点头，说：“好，早点回家，我等你！”

“嗯！”斯靳恒在她额头印下一个吻。

待电梯开始缓缓下降，斯靳恒冷声对所有秘书们命令道：“你们都下班！”

总裁办公室门重新被关上，房间里只有他们两个人。

斯靳恒沉默地站在落地窗前，俯视帝城。

莫雅薇缓缓走到他背后，手臂环上他的腰，将脸贴在他的背上，柔声道：“阿恒，我来了，以后我就待在你身边，哪都不去了，别丢下我好不好？”

他身上久违的气息，让她很安心。

如果是没来到帝城之前，甚至在没有遇到厉浅洛之前，斯靳恒听到莫雅薇这番话，绝对二话不说把她娶进门。

可如今一切都……

“晚了。”

“阿恒！”听到他简单的两个字，莫雅薇泣不成声。

斯靳恒拉开她环在自己腰间的手，转过身面对哭泣的女人，说："别哭，我不值得。"

高傲如莫雅薇，除了演戏，从来没有哭成这样过，即使在他面前。

"不！你值得，你是我唯一爱的男人，爱了十几年的男人，为什么不值得！"她不要放弃这个男人，不要！

厉浅洛无比郁闷地回到别墅，路上一直在想斯靳恒是不是要回头了？

她该怎么办？她也没有资格质问他们的过去，就像斯靳恒从来没有问过她和戚泽明的过去一样。

那天晚上，厉浅洛等了一晚上，最后斯靳恒还是没有回家。

第二天早上，她看着偌大的房间里只有她一个人，她就在想，是不是从那个女人出现开始，她以后就要过这种生活了？

简单地吃了点早餐，就去了公司。

公司内很多人都在兴奋地议论着昨天莫雅薇的出现，当他们看到厉浅洛后，表情更加复杂。

今天厉浅洛的任务很重，有一个同事今天请假。所以，她在整理完资料后还得去一趟郊区工厂送样本，即使是快下班的时间，主配师要求她今天必须送到地方。

在路边拦了好几辆出租车都没人愿意载她去郊区，最后还是厉浅洛加了翻倍的价钱，才有一辆车愿意去。

走了将近一个小时的车程才到工厂，厉浅洛有提前跟司机交代，这里不好打车，请等她一下，她只是进去送个东西马上出来，司机答应了。

厉浅洛道过谢后，连忙小跑着进了工厂。

十几分钟后当她满头大汗地从工厂跑了出来，才发现出租车不见了！

对，不见了！

厉浅洛真的要被气死了，这司机怎么说话不算话？还是提前收了她的钱！

最后无奈，她只得拿出手机给斯靳恒打电话让他来接自己。

只是，电话响了几声后，就被挂断了。

天已经快黑了，厉浅洛越来越焦急，再次拨过去居然是关机的提醒。

没办法她只好拨通了男闺蜜陆梓熙的号码，不知道为什么陆梓熙电话一直无人接听。

附近荒无人烟，厉浅洛踩着高跟鞋往回走，希望运气好半路能打上一辆车。

只是这一走就是一个小时，脚都磨破了还没看到市区的灯光，她只得坐在路边将高跟鞋脱掉，继续往回走。

天色彻底黑了下来，她也有想过打电话给晚晚，但是那个工作狂肯定在忙。

厉浅洛早就把斯靳恒在心里骂了几百遍，连同陆梓熙一起骂！骂到最后还是忍不住委屈地哭了，在她最需要帮助的时候，为什么没有人啊……呜呜呜……

最后一次给斯靳恒打过去还是关机，不过让她很惊喜的是，陆梓熙的电话打通了！

"陆梓熙！你干吗呢，为什么不接我电话！知道不知道我快死了！"厉浅洛又委屈又生气，刚接通电话就把陆梓熙骂了一顿。

陆梓熙无语地看着自己的手机，有点搞不清楚状况。

"怎么了这是？谁又惹到我的大小姐了？"刚才店里开会，他只是把手机调静音了而已。

"我在郊区，已经走了快一个小时了，一辆车都拦不到，快来救救我！"厉浅洛骂完声音立刻软了下去，她沦落到这种地步又不是陆梓熙的错，干吗要骂人家。

"呃……你第一个想到的人不应该是你老公吗？"陆梓熙故意打趣她。

"他手机一直关机，我没开玩笑，我真的快死了，脚刚才还被玻璃扎到了……呜呜呜……"厉浅洛好委屈，周围黑咕隆咚的，一个路灯都没有。

"具体位置告诉我，我现在过去。"陆梓熙二话不说骑上摩托车戴上头盔，准备出发。

厉浅洛发了位置。

陆梓熙看着她的样子无奈地责备道：“怎么这么笨，大晚上把自己困到这么远的地方，万一出来个坏人，你不是死定了！”

“好啦，快走吧，我的脚好疼。”厉浅洛委屈地撇了撇嘴，陆梓熙给她一个白眼，扶着她上了摩托车。

莫雅薇昨天晚上软磨硬泡地让斯靳恒在圆明山庄的别墅陪她一晚上，虽然不是在一个房间，但是她还是很高兴，说明斯靳恒心里还是有她的。

今天下班之前又给他打电话，让他带着自己去吃西餐。

斯靳恒知道别墅那边什么吃的都没有，就把她给接了出来。

菲斯特西餐厅内，莫雅薇抿了一口红酒，放下酒杯开心地说道：“阿恒，昨天晚上我好高兴，今天晚上再陪陪我好吗？”

第十三章　住几个晚上而已

“不了，今天晚上回珍珠泉。”斯靳恒拒绝得很干脆，昨天晚上那个小女人肯定生气了吧？那他今天晚上回去，该怎么哄她呢？

莫雅薇听到珍珠泉，知道那是斯靳恒的新别墅，他的妻子肯定也在那住，心中划过一抹妒忌。

“阿恒，可是圆明山庄就我一个人……”

“抱歉，我去趟洗手间。”斯靳恒找了个借口，打断莫雅薇的话。

莫雅薇看着男人高大冷漠的背影，不甘心地咬了咬嘴唇。

斯靳恒一定会是她的，谁都抢不走！

这个时候，桌上的手机铃音响了起来，是斯靳恒忘了带手机。

莫雅薇看到他手机上的来电名字“老婆”，直接点了挂机键。

铃声再次响起，莫雅薇这次直接将他的手机给关机，并放回原位，若无其事地吃着牛排。

这边陆梓熙先带着厉浅洛去了一趟医院，将脚底的伤口处理了一下。

还好伤得不深，将玻璃碎渣全部挑出来后上了药。

包扎好伤口，陆梓熙给厉浅洛戴上头盔，自己也上了摩托车，问道：“你家住哪，我送你回去。”

“我……去圆明山庄吧！”这里距离圆明山庄比较近，今天晚上就在那凑合一晚上！

“好，坐好了！要出发了！”他话音刚落，摩托车疾驰而去。

圆明山庄外，陆梓熙将摩托车停稳，自己先下了车，然后把厉浅洛从后座抱了下来，准备往别墅门口走去。

这个时候，一道车灯打了过来，紧接着一辆黑色的车也停在了别墅门口。

是斯靳恒的迈巴赫。

厉浅洛只是疑惑了一下，看到车上率先下来的莫雅薇，就明白了一切。

斯靳恒刚下车第一眼就看到陆梓熙怀里抱着的厉浅洛，深邃的眼神中划过一抹冷峻的光。

四个人谁都没有说话，气氛有点尴尬。

所以斯靳恒昨天一晚上没回珍珠泉那边，就是陪着这个女人在这住？

厉浅洛直接从陆梓熙怀里跳了下来，一瘸一拐地走到两个人面前。

冷声质问面前的莫雅薇："这是我老公的房子，你凭什么住进来？"

即使她是高高在上的大明星，那又怎样！

从小众星拱月般长大的莫雅薇，从来没有人敢用这种语气和她说话，厉浅洛是第一个！

她冷笑着开口："我以前来帝城就是住在这里的，这里面有我的房间。"

"你也知道是以前，现在斯靳恒已经结婚了，作为前女友或者前未婚妻的你，难道不知道该避嫌吗？"厉浅洛毫不客气地回怼，让气氛一度陷入尴尬中。

斯靳恒的目光从她的脚上收回，说："洛洛，只是在这住几个晚上而已，过几天莫雅薇就走了。"

"住几个晚上而已？"厉浅洛从包里拿出斯靳恒给她的黑卡递给莫雅薇，"喏，麻烦你避一下嫌，我老公请你去住酒店，我允许了，开个总统套房什么的都没问题，去吧！"

看着她递到自己面前的卡，莫雅薇的手渐渐握成拳头，还从来没有人敢这样羞辱她。

厉浅洛，呵呵，我会把这些一一还给你！

"阿恒，这个女人竟然赶我走，你说句话呀！"莫雅薇的眼泪说来就来，她没有理会厉浅洛，直接看向旁边的男人。

"我老婆说什么就是什么吧！"斯靳恒不去看莫雅薇的脸。

知道厉浅洛脚受伤了，他直接将她打横抱起，放进自己的车内。

确定厉浅洛坐好后，斯靳恒淡淡地向陆梓熙道谢："谢谢陆先生送我老婆回来！”

“斯总客气了，我和浅洛是好朋友，应该的，那我就先走了！”陆梓熙点头回应了一下，看到厉浅洛有人照顾了，就骑着摩托车先行离开。

厉浅洛按下车窗，微笑地看着外面发愣的女人，嘲讽道：“莫小姐，用不用让我老公先去给你开好房间？”

“不用，我自己会去的。”莫雅薇肺都快气炸了，但回应厉浅洛的时候，脸上依然挂着完美的笑容。

“早点休息！”斯靳恒淡淡地说了一声，然后坐进了车内。

眼睁睁地看着离开的迈巴赫，莫雅薇收起了脸上的微笑。拳头紧握，漂亮的脸蛋也变得有点扭曲。

厉浅洛是吧？你算什么东西，不自量力，给我等着！

迈巴赫疾驰在宽阔的马路上，车内的气氛有点怪异，一向话多的厉浅洛闭上眼睛假寐。

“生气了？”斯靳恒斜了一眼假寐的小妻子，看上去是那么的可爱。

斯靳恒没有得到她的回应，也没有介意，继续问道：“脚是怎么回事？”

不提还好，一提这事，厉浅洛立刻就炸毛了，愤愤地质问他：“亏你还是我老公，在我最需要你的时候，手机都打不通，你知道不知道我是怎么回来的？从那么远那么黑的地方艰难跋涉了一路，脚都疼得快死了！我在害怕的时候，你在哪？陪着你那个前女友嗨皮着吧！”

斯靳恒从口袋里拿出手机，这才发现自己的手机果然是关机状态，他不记得自己有把手机给关机……

“好好，我的错！脚上的伤严重不严重？”斯靳恒把平日的高冷全部甩到一边，哄自己的小妻子。

“大出血，快死了！”厉浅洛故意吓唬他。

谁知道斯靳恒却低低地笑了，无奈地摇摇头，“大出血好像除了手术以外，只有生孩子的时候才会吧？”

呃……厉浅洛红了脸蛋，但她依然不肯服软，嘴硬道：“谁说的！我脚底就是大出血了！”说完撇过头去不愿意看他，也不愿意让他看自己。

“嗯嗯，你说的对，就是大出血，快走，去吃火锅，把血补回来。”昨天晚上没吃成的火锅，今天晚上补回来。

厉浅洛听到斯靳恒说带她去吃火锅，火气顿时下去不少，这才把头扭了过来。

“真的？不骗我？”她带着狐疑看着开着车的男人，此刻的他，没了平时的冷傲，脸上的表情很柔和，好帅哦！

“当然！不过，你好像流口水了，夫人这是在垂涎我的美色吗？”斯靳恒看着厉浅洛看自己的眼光有点痴迷，心情很好地调侃她。

第十四章　夫人说了算

厉浅洛天真地摸了摸自己的嘴角，根本什么都没有，反驳道："哪有流口水，你骗我！你得请我吃两顿火锅！"

他看着女人孩子气的模样，心情也很好，爽快答应："夫人说了算！"

在厉浅洛的提议下，斯靳恒带着她去了一家熟悉的火锅店。那是厉浅洛以前经常和付辛茹、戚泽明三个人一起去的地方。

只是如今已经物是人非，不过有斯靳恒这个大总裁陪着自己吃火锅，还挺有意思的。

厉浅洛吃得津津有味，斯靳恒不习惯这种东西，只吃了厉浅洛给他夹到碟子里的几口青菜就没了动静。

他霸道的气势和帅气的外表引来不少人的注目，但他只是表情柔和地坐在对面看着厉浅洛吃得兴奋，说得兴奋，完全没有一点烦恼的样子。

厉浅洛吃完火锅，心情好极了，还拉着斯靳恒在附近逛逛消消食。虽然一瘸一拐的，但是勉强能走成路。

"老公，我……"厉浅洛揉了揉撑得有点发胀的肚子，又看了看面前的冰激凌店，满脸都是纠结。

斯靳恒摸了摸她的头，心领神会地说："等我。"然后转身大步走进冰激凌店。

厉浅洛兴奋地站在原地等着，还拿出手机随意拍照，一不小心拍到了斯靳恒左手插进裤子口袋，右手端着冰激凌出来的样子。

刚好他的脑袋扭到一边，让人看不出来他的正脸，只能看到侧颜，厉浅洛决定晚会儿把这张图片发到微博。

斯靳恒把她扶到一边的椅子上一起坐下，厉浅洛开心地往嘴里塞着冰激凌，偶尔还会喂上斯靳恒一口。

斯靳恒丝毫不介意她吃过的东西，直接就张开嘴巴，偶尔还会主动张开嘴巴让她喂自己吃。

就在两个人甜蜜的时刻，斯靳恒手机响起，他拿出手机按下通话键。

“妈。”

“斯靳恒，你都干的什么事！你怎么能让薇薇住酒店呢？赶紧去把她接到珍珠泉。”慕若烟接通电话就责备斯靳恒，刚才要不是她给莫雅薇打电话，她还不知道莫雅薇被那个狐狸精赶去酒店去了！

“她向你告状了？”

“告什么状，薇薇是那种人吗？要不是我给她打电话，我还不知道她被那个狐狸精赶走了！”慕若烟气得直拍桌子，向来独立自强有主意的儿子怎么就被迷惑了呢！

“您早点休息！”斯靳恒说着就要挂断电话。

“等一下，薇薇受伤了！”慕若烟忽然想起了最重要的事情。

“她怎么了？”斯靳恒开始不耐烦。

“刚才让助理送她去酒店的时候，路上和别的车撞一起了，你快过去看看。”薇薇这个傻孩子，受伤了也不愿意去医院！

“她有助理在身边。”意思就是他没必要再过去。

厉浅洛在旁边将他们的对话听得清清楚楚，所以，他今天晚上又要走了吗？

“儿子啊，你过去看看她吧。就当替妈妈看的，妈妈担心那孩子啊，再说了后天你还要和她一起出席王老的寿宴，不能让她受一点伤！”慕若烟苦口婆心地劝说。

“我知道了。”他冷淡地挂了电话。

片刻后，斯靳恒犹豫了一下还是开了口。“我先送你回去。”他不去看她的眼睛，直接将她打横抱起。

一路上两个人没有再说一句话，斯靳恒最后把厉浅洛放到床上，在她的额头上轻轻吻了一下。“等我回来。”

男人转身大步离开。

他走了……厉浅洛心里涌出空荡荡的感觉。

去浴室简单洗了把脸，没有洗澡就直接去睡了。

大概到半夜的时候，厉浅洛听到房间外面有动静，迷迷糊糊地穿上拖鞋打开了房门。

她看到斜对面的房间开着灯，往前走了两步。

没想到对面房间内，一个男人和女人正亲密地搂抱在一起。

厉浅洛立刻睡意全无。“斯靳恒！”她咬紧下唇，这一刻她感觉肺都要炸了。

相拥在一起的两个人听到厉浅洛的声音，连忙分开。

莫雅薇先开了口。“厉小姐，别误会，我只是脚受伤了，阿恒把我抱了进来。”嘴里道着歉，但是脸上却没有一丝愧疚的表情。

“我说莫小姐真不愧国际天后，演戏的技术可真是一流，嘴上说着别误会，心里面高兴得很吧？”厉浅洛懒懒地靠在门上冷嘲热讽。

这个斯靳恒可以啊，前女友都带到家里来了。

“厉小姐，你真的误会了。”

厉浅洛理都不理她，直接走向斯靳恒，拦住他的脖颈，笑容妩媚地说：“老公，这么晚了，我们就别打扰莫小姐休息了。”

斯靳恒顺势拦上她的腰，点了点头，两个人一起离开房间。

莫雅薇在房门关上的一刹那，脸上的表情又变回了愤恨。

回到房间，厉浅洛猛然松开他，斯靳恒看着自己空荡荡的手哑然失笑。他就知道这个小女人，哪有那么好说话。

只见女人左手抱着一床被子，右手拿个枕头，怒目圆瞪道：“你是睡沙发，还是阳台，自己选一个！”

斯靳恒长臂一伸，把她搂在怀里，轻声哄道：“老婆，消消气，大不了小爷我伺候你沐浴更衣睡觉怎么样？”

厉浅洛给他一个白眼，果断干脆拒绝，“谁让你伺候，门都没有！”她胡乱地挣扎着想挣脱他的怀抱。

斯靳恒二话不说低头吻上她喋喋不休的小嘴，顺便将枕头和被子都扔上床。

第二天一早，厉浅洛刚从床上坐起来，就被斯靳恒重新按回床上躺好。

“今天在家养伤，过两天再去上班。”

她想了一下觉得还是算了，只是玻璃碴割伤而已，不至于。

“不了，去上班！”厉浅洛忍住睡意，再次从床上坐了起来，再不起床她就迟到了！

斯靳恒跟着坐起来，靠在床头看着女人浓眉微挑，“老公的话你都不听了是不是？”

语气里带着浓浓的威胁，厉浅洛清醒了不少。

“不是，老公，我现在在公司名声已经很不好了，因为这一点点小伤不去上班，我之前做的努力不就白费了。”厉浅洛乖巧地趴在他宽阔的胸膛上，趁斯靳恒一个不注意，狠狠地在他胸口掐了一下。

“嘶……”欠收拾的女人！看他逮着她不好好收拾她！

第十五章 大人求放过

然后感觉自己好不容易占到便宜的厉浅洛用最快的速度跳下床，大笑着离开。

在她冲进浴室的最后一刻，又被一双长臂拉回熟悉的怀抱。

完蛋了！她连忙嘿嘿一笑。“啊！大人求放过！”识时务者为俊杰，她赶紧投降。

斯靳恒将她的身体扳过来面对自己，低头封上她的红唇。

最后，厉浅洛找到机会狠狠地在他肩上咬了一口，逃进浴室。

摸着发烫的脸蛋，厉浅洛用凉水拍了拍脸，斯靳恒没救了。

两个人一起手拉手下楼的时候，莫雅薇已经端端正正地坐在餐桌旁了。

面对这个脸皮特厚的女人，厉浅洛决定要么不理她，要么恶心她！

“莫小姐。好早。”厉浅洛心情好，主动跟她打招呼，当她看清莫雅薇眼上淡淡的黑眼圈时，更开心了。

莫雅薇压抑住自己的不痛快，露出微笑说：“不早了，厉小姐，阿恒，快来吃早餐！”臭女人，昨天晚上闹了一晚上的动静，她怎么可能睡得着！

阿恒和她在一起那么多年，都没碰过自己，却被这个女人占了先机。

斯靳恒点了点头，拉着厉浅洛在她对面坐下。

对于他的故意疏离，莫雅薇无所谓地喝着粥，她现在离阿恒更进一步了不是吗？

厉浅洛看着慢慢吃着早餐的莫雅薇，开口问道：“莫小姐什么时候回C国？”说着还给斯靳恒夹了一个小笼包，笑逐颜开。

莫雅薇也不是省油的灯，“我已经让助理发过通告，趁着养伤暂时休息一段时间，也好好陪陪阿恒。”她含情脉脉地看着对面的男人，完全不把厉浅洛这个正室放在眼里。

“哦，陪陪我老公啊？可是我老公必须得陪我呢，难道你也想陪着我吗？”厉浅洛说得很随意，但心里早就想把这个厚脸皮给扔到国外了。

其实，她也挺可怜的，老公的前女友都在家里冠冕堂皇地吃早餐，而她只能嘴上逞强。

既然撕破了脸，莫雅薇也没打算继续虚情假意。

“想让我陪你，你配吗？”她的一举一动依然优雅高贵，只是嘴里说出来的话，让人很想捏死她。

“好了，该走了！”斯靳恒终于发话了，放下喝完粥的碗，上楼去拿公文包。

“老公，把我的包包也带下来哦！”厉浅洛甜甜地说了一声，并快速地喝着碗里的粥。

然后又想到了什么，对着杜嫂甜甜一笑，说：“对了，杜嫂，我和少爷不在家，好好招待莫小姐这位客人。”

杜嫂尴尬地应了一声：“会的，夫人！”这莫雅薇和少爷的关系，她可是知道个大概的，这感情的事还真不好说啊！

“你一个要什么没什么的女人，真不知道你哪来的自信。”莫雅薇语气轻蔑，连一个正眼都不给厉浅洛。

“我不用有什么，有了我老公，我就有了一切。倒是你，我真不知道莫小姐脸皮怎么会这么厚，死皮赖脸地留在别人家里。”想吵架吗？也行啊，她奉陪到底。

莫雅薇面对着楼梯，看到楼梯上下来的男人，语气一变，无比真诚地说：“阿恒他不是别人，是我认定一辈子的男人，谁都替代不了。”

听到这句话，斯靳恒的脚步顿了一下，但最终也没说什么，直接带着厉浅洛出了门。

莫雅薇望着他们的背影，狠狠地咬了咬牙。

厉浅洛，你不用高兴得太早，笑到最后才是赢家！我莫雅薇的东西你也敢抢，不自量力！先上楼睡个美容觉，慢慢地把我阿恒的心夺回来。

杜嫂小心翼翼地扶着受了伤的莫雅薇上了楼，心里暗暗想着，这是个不好伺候的主儿，以后得留意着点。

谁都没想到的是，昨天晚上斯靳恒去接莫雅薇从酒店出来的情景，被记者偷拍到照片放在了网上，直接上了微博热搜。

公司内到处议论纷纷，趁着休息时间，厉浅洛拿着手机进了卫生间。

她坐在马桶上打开微博，刷新热点，这才知道发生了什么事情。

她蔫蔫地走出卫生间，等会儿那些人又不知道该怎么议论她了，真愁人。

果然，厉浅洛还没走到座位上，同事们就对着她指指点点。“就她，想和莫雅薇争总裁？哈哈哈，简直笑死了！”

“对啊，这段时间都没听到她说和总裁的事情，看来总裁早就和她撇清关系了。”

厉浅洛看了一眼茶水间里两个聊得正热闹的人物，之前她们顶多就是在她背后议论几句，现在都敢在她面前毫不避讳地聊起来了，这要她怎么忍？

她收起手机，面无表情地走到两个人的面前，冷冷地质问：“你们在议论谁？”

这两个人还在慢悠悠地喝着茶水，完全没把厉浅洛放在眼里。

“说勾引总裁的女人啊，这里除了你还有别人吗？”顾丽丽双手交叉在胸前，语气和表情尽是挑衅。

这边的动静引来不少同事的侧目，频频往这边探头。

厉浅洛把茶水间的门给反锁上，先把顾丽丽和王珂的水杯扔在垃圾桶，然后走到她们两个面前。

“你想干什么？”她眼中的冷漠，让顾丽丽开始害怕。

干什么？她厉浅洛要让她们知道她不是好欺负的！“啪！”一声清脆的耳光打在顾丽丽脸上。

顾丽丽难以置信地捂着自己被打的左半边脸，冲着厉浅洛大喊：“你疯了！”

“我替你妈教育教育你，三十年的盐让你白吃了！”厉浅洛嚣张地把脚踩在旁边的凳子上，她二对一，必须在气势上先镇压住对方，要不然吃亏的是自己。

“你凭什么打人？你勾引总裁，既然做得出来这种事情，还不敢让别人说了？”王珂不服气地看着她，厉浅洛此刻全身上下散发的气势特别骇人，让她整个人微微发抖。

“我勾引斯靳恒？”女人扬起红唇，“实话告诉你们吧，是斯靳恒他勾引我的！”

第十六章　厉浅洛打人

勾引她领了结婚证！哼，这个黑锅她不要再背了。

“哈哈哈哈……”顾丽丽和王珂同时哈哈大笑，像看神经病一样看着她。

“厉浅洛，你是不是看到今天的新闻受了刺激，脑子都不正常了，总裁勾引你？哈哈，笑死我了！”顾丽丽仿佛听到了世界上最好笑的笑话。

“闭嘴，我说是就是，不用你们相信，以后再敢在背后骂我，下次可不是一巴掌这么简单！”

只是，她们丝毫不把厉浅洛的警告放在眼里。“你打了我，就这样算了？想得美！”顾丽丽准备还手，厉浅洛伸手去挡她的巴掌，一瞬间两个人厮打在一起。

这个时候，茶水间的门被敲响。

“你们三个给我开门！”是研发部的经理张杨。

有人直接跑到他的办公室告状，说有三个人在茶水间打了起来。

上班时间在公司斗殴，简直是无法无天！

顾丽丽听到张杨的声音，暗叫惨了，连忙松开了厉浅洛。

厉浅洛整了整有点凌乱的工装，猛然打开了门，张杨没有防备，一个一米八几的男人差点扑在地上。

“你们怎么回事？”张杨尴尬地稳了稳身子，严肃地开口问道。

顾丽丽的头发有点乱，厉浅洛全身整整齐齐的，显而易见，吃亏的是谁。

“张经理，厉浅洛打人！”顾丽丽先告状，指着自己被打的半边脸。

张杨看了一眼她的半边脸，脸色很难看地训斥：“厉浅洛，在公司打架斗殴，还有没有把公司的规章制度放在眼里？”

“张经理，这两个人天天在背后议论别人是非这样就算了，还指着我本人骂，要换成是你你能忍受？”厉浅洛活动了活动脚腕，刚才和顾丽丽拉扯的时候，不小心踩了一下受伤的脚，有点痛。

张杨扫了一眼外面同事们好奇的目光，命令道：“你们三个过来我办公室！”

正当他们往办公室走去的时候，一道冰冷的声音从研发室门口传了过来，“怎么回事？”

大家不用看就知道这种气势和语气是来自谁，吓得所有人都打了个冷战，赶紧低头办公。

“总裁？”张杨以为自己看花了眼，总裁怎么会来研发部？

定睛一看，还真的是总裁，连忙讨好地汇报：“斯总，这三个人上班期间斗殴，我会好好处理她们三个的。”张杨一个已过而立的大男人，被斯斬恒孤傲的气势吓得满额头出冷汗。

斯斬恒仿佛没有听到他的话，扫了一眼因为不服气而嘟着嘴巴的厉浅洛，“怎么回事？”

厉浅洛冷哼了一声，开始告状：“她们说我勾引你，还指着我骂我！”

她的直白让众人吓了一身冷汗，顾丽丽和王珂更是吓得快跪下了。

斯斬恒扫了一眼整个研发部，有些事情该说出来了，不能让他的小妻子再背负骂名。

他面对所有人，沉声开口说道：“有些事情，我不想在工作时间说，但是，最近这些事情越演越烈！身为SL集团的优秀员工，在背后说三道四，是你们该干的事情吗？”

男人语气越来越冷，偌大的办公室鸦雀无声。

最后一段话，让研发部差点炸了锅。

“我的合法妻子厉浅洛，本想安安静静在公司从底层做起，总是有些人处处针对她，心思都不放在工作上，SL集团要你们何用！”

斯斬恒平时不怒自威，这次还真的怒了，那种戾气吓呆了所有人。要不是都坐在椅子上，早就有人双腿发软地跪在地上了。

最让所有人喘不过气来的就是他的那句话，我的合法妻子厉浅洛……

连厉浅洛本人都惊呆了，她自己都没想到斯靳恒就这样把他们的关系公布了。

说好的隐婚呢？

“这两个员工开除永不再录用，从今天开始，谁要是在背后说三道四，马上给我收拾东西走人！还有你张杨，身为研发部的经理，把这种道德败坏的员工都留着，你马上去公司文秘部报道，不想去的话直接和SL解除劳动合同！”斯靳恒就站在那里，不用做太多动作，足以震慑到所有人。

“去！总裁，我去！”张杨涨红了脸，为了高薪和前途，他必须去！

斯靳恒的目光落在发呆的小女人身上，语气这次温柔了三分，“先去工作吧！”

厉浅洛傻呆呆地点点头。

男人大步踏出了研发部，躲在门口的允起立刻跟上。

妈呀，还好他聪明，知道躲在门口。

“允起，你要是再躲在门口或者楼下，你这特助就换人！”斯靳恒头也不回地走进电梯，留哭丧着脸的允起在原地扶着墙，不要啊！总裁，我以后再也不躲了！

斯靳恒都走了一个小时，研发部还没人敢说一句话，传说中冷酷霸道总裁，他们彻底见识到了。

还有就是，老板娘居然一直隐藏在他们办公室，往后的日子可怎么过啊……

不过，有些人立刻对厉浅洛转变了看法。

厉浅洛是老板娘，他们以前那样对她，她都任劳任怨，也没见上面的人找过他们的事！看来，老板娘从来没有在总裁面前抱怨过，这么好一个老板娘怎么会是狐狸精呢！

厉浅洛自己都不知道，她在无意间又“深得民心”了。

她还坐在位置上抓耳挠腮，苦恼身份曝光，以后在研发部怎么待下去呢？

还能不能好好地和大家一起工作呢？

中午吃饭的时间，好几个人都跑过来跟她道歉。大概意思就是以前误会她了，希望以后好好和她相处什么的。

厉浅洛连忙点头，她就是想好好地工作，最好也不要提她的身份什么的。连她的直接上司配方师安华都把她叫进实验室，单独问她留在研发部想学习什么。

她想了想回答："就给你打个下手就可以了，以后顺其自然，如果有这方面天赋，就好好学面膜配方。"

安华点了点头表示自己清楚了。

晚上下班，厉浅洛骑着小毛驴先走一步。

回到别墅她风风火火地跑回二楼自己的房间，连坐在客厅的莫雅薇都忽略了，跟个强盗似的把房间抽屉里都翻了一遍。

结婚证呢？厉浅洛边找边嘀咕，她记得她把属于自己的那本就放在这个抽屉里了，怎么没了？

第十七章　藏什么呢

接着又跑到书房里，找了好几个抽屉。结果，在最下面的抽屉里看到了安安静静躺着的两本结婚证。

她跑回房间拿出手机，给结婚证拍上几张照片后，就喜滋滋地重新把结婚证收了起来。并把最后一个抽屉上的钥匙给拔下来，在书房找个隐蔽的位置给藏了起来。

今天的事情早晚都要传出去的，如果那个莫雅薇再利用媒体，炒作她和斯靳恒的关系，她就把结婚证的照片发到微博上，反正斯靳恒已经在公司公布了他们的关系，她也要见招拆招！

书房门口的男人慵懒地靠在门上，看着自己的小妻子把头埋在书桌下面，不知道在搞什么名堂。

“藏好了？”

“嗯嗯，藏好了，斯靳恒不会找到了。”厉浅洛笑嘻嘻地收起手机，当回头看到房间门口的男人时，着实被吓了一大跳。

天啊，真是此地无银三百两啊！厉浅洛拍了拍自己的额头，暗骂自己怎么那么蠢。

“藏什么呢，让老公看看。”斯靳恒关上书房的门，大步踏了进来。

“没什么，老公，我们去吃饭吧！”她笑嘻嘻地挽上男人的胳膊，把他往外拉。

斯靳恒也没有勉强她，这个笨女人，在自己的书房里藏东西，他分分钟找出来，真是笨到家了。

不过，他喜欢！

晚餐厉浅洛心情很好，因为在公司里她终于被“平反”了。

一顿饭吃完，厉浅洛无视某个女人，挽上斯蕲恒的臂弯柔柔地说道：“老公，我们出去转转好不好，我想去超市买点零食，你陪我好不好？”

在家面对着厚脸皮，还不如出去逛逛。

斯蕲恒看着像个小无赖似的缠着自己的妻子，无奈地答应：“走，上楼换衣服。”说着，就从椅子上站了起来。

厉浅洛闻言，立刻跟着他上了楼。

换衣服的时候，斯蕲恒从背后搂上她的腰，下巴放在她的肩上，问道：“老婆，今天心情这么好，能不能给老公发个福利？”

检查一下自己的包包，嗯！带着手机呢！

“好呀，什么福利。”厉浅洛没有想太多，直接就答应了。

斯蕲恒神秘一笑，“先不告诉你！”

高颜值的男女引来不少人的回头，男人宠溺地看着怀中的女人问：“想吃什么水果？”

厉浅洛歪着头想了想，掰着指头数道：“我要吃杧果、榴梿，还要吃车厘子、阳桃。”

斯蕲恒闻言浓眉微挑，笑道：“我是养了一只小猪吗？”

女人鼓着腮帮子问：“嫌我吃的多吗？那我什么都不吃了。”将脑袋撇向一边，故作生气。

斯蕲恒低头吻了一下女人的红唇，宠溺道：“当然不嫌，多吃点，吃胖点，肉多点，晚上抱着睡觉舒服。”他脑袋里开始勾勒出她胖胖的样子。

“我吃成200斤如何？”200斤啊，全是肉，抱着够舒服了。

斯蕲恒打趣道：“吃吧，吃吧，400斤我也要。”他找到她想吃的水果，全部放进购物车。

“真的吗？谁反悔谁是小狗！”

“嗯！”

从超市出来，厉浅洛又开始思索刚才男人说的话，直到回到别墅，她还是一脸迷茫，不是说了去放松的吗？

男人看着她的表情，把她从车上抱下来，拉过她的手往后花园走去。

“斯斬恒，你刚才出门前不是说了要福利的吗？”女人迷茫地看着男人脸上略带调侃的神情，随后，她彻底明白了男人是什么意思。

原来，哎，这个臭男人！她就知道他不会干什么好事！

斯靳恒把厉浅洛抱进浴室，亲自给她洗了澡。

出来以后将她的脑袋放在自己的腿上，拿出吹风机慢慢地把她的长发吹干，最后才放她进被窝睡觉。

斯靳恒看着被窝熟睡的小妻子，轻轻地吻了吻她的额头，才搂着她浅浅地睡去。

客房内的莫雅薇一脸阴霾，坐在阳台上看着外面的夜色，回想起往事。

15岁那年，就对他一见钟情。他同样亦是，18岁两个人正式在一起。

她19岁出道，隐藏两个人的爱情。20岁她大红大紫，22岁的时候，犯了她一生都无法弥补的错误。

她一直追逐自己的梦想，有一天靠着自己站到国际的舞台上。

也是这个原因让她一失足成千古恨，那天晚上，斯靳恒在外地出差。

一个国际导演约她去酒店洽谈第二天走秀的事情，斯靳恒告诉她，他不在她身边，一个人不要去。

她不听，说没事导演人品很好，她硬是去赴了约。

斯靳恒不放心她，给他的好兄弟薄亦明打电话，让他去酒店看看莫雅薇的情况。只是，当他赶到的时候，房间内已经一片狼藉，只有莫雅薇一个人在床上睡得昏昏沉沉……

意识到发生了什么之后，莫雅薇后悔，绝望，好几次都想要自杀，被斯靳恒救了回来，帮她走出阴影。

她真的很感激斯靳恒，两家商量好下个月月初订婚。但是莫雅薇因为一场走秀，耽误了飞机，中午的订婚宴，晚上才赶到。

她到的时候斯靳恒已经离开，她打电话给他解释，他却说理解。只是从那以后她明显感觉斯靳恒疏远了她，从来都不主动给自己打一个电话。

…………

收回思绪，莫雅薇给助理打电话：“把那只猫送过来！”

某天厉浅洛忽然发现别墅里多了一只猫，对于非常怕猫的她来说，多看一眼她都浑身发毛。

就在厉浅洛濒临崩溃的时候，莫雅薇那只名叫淘淘的猫忽然就……死了！

事情很奇怪，莫雅薇的猫死在了游泳池，死的时候厉浅洛刚好在附近散步，然后她就说不清了。

斯靳恒给厉浅洛打电话第一句话就是：“淘淘死了，你知道吗？”

“听说了。”

“你当时在做什么？”

厉浅洛因为他这个问题，一肚子怒火，“连你也在怀疑我？”

“不是……”

“你不用解释，就这样！”说完厉浅洛就结束了通话，她直接就去了莫雅薇所住的房间。

她今天一定要让这个祸害滚出去，滚出这个别墅。

看到她直接推门进来，莫雅薇警惕地问道：“你要干什么？”

第十八章　你真是不可理喻

“干什么？我让你收拾东西走人，看不出来吗？”厉浅洛直接抓住莫雅薇的衣领，一副要暴揍她的样子。

看到拉扯在一起的两个人，杜嫂连忙上来劝阻，并让其他用人通知斯斬恒。

“浅洛，有话好好说，别这样，莫小姐脚上有伤。”杜嫂拉住快气炸的厉浅洛。

有伤？她不就是仗着这个借口一直留在这里勾引她的老公，还各种诬陷诋毁她的吗？

厉浅洛正在气头上，什么话都听不进去，“杜嫂，别拦我，我今天一定让这个女人滚出去！”

莫雅薇挣脱她的拉扯，整理了一下自己凌乱的衣服，冷嘲热讽道：“你让我滚我就滚了？凭什么！你让阿恒给我打电话！”

厉浅洛笑了，嚣张地宣布：“不好意思，这是我家，我有权利让你滚出去，不用经过斯靳恒的同意！”厉浅洛知道斯靳恒被他妈妈胁迫让莫雅薇住在这里，她才不会傻到给斯靳恒打电话。

“你的家？我就住在这里了，怎么了？”莫雅薇挑衅地看着眼前的女人，这个家厉浅洛说了不算！

厉浅洛肺都快气炸了，真没见过这么无赖的女人！

就在这个时候她扔在一边的包包里的手机响了起来，她只得先去接电话，一看是那个被猪油蒙住了双眼的男人，她真想把电话给挂了。

但到底还是划下了接听键。“干什么？”

“厉浅洛，你有火气能不能不要发泄在别人身上？”

斯靳恒开口就是责备的语气，让厉浅洛红了红眼圈，她任性地开口："你管我，我今天就是要把这个女人给赶出去。"

那边的男人顿了顿，放缓了说话的语气，"莫雅薇脚上有伤，她伤好了我就把她送走。"目前要先尽量稳住她的情绪。

伤好了？那可不知道要等到猴年马月了！"我等不了那么久，她这么恶毒，等到她伤好了，我也被她吃得连骨头都不剩了！"她就想不明白斯靳恒这么聪明的人，脑袋里是不是进浆糊了？居然看不出来莫雅薇打的什么算盘。

男人微微皱眉，"你犯了错，不要怪到别人身上好吗？"

"我犯了错？就算是有，那还不是她陷害的！"她倔强地顶回去。

"厉浅洛，你真是不可理喻，给我老实点，等我回去！"

厉浅洛挂掉电话，对上莫雅薇得意的表情，她走过去拉着莫雅薇的行李箱走到楼梯口，给一脚踹了下去，然后自己跟着下了楼，打开别墅的门，亲手把行李箱彻底扔到门外。

莫雅薇淡定地看着这一切，她不气，迟早有一天，她会把这一切侮辱全部还给厉浅洛！

斯靳恒的车停到别墅门口，就看到厉浅洛踢出来一个行李箱。

他连忙下车拦住女人，把她带进别墅，斥责道："厉浅洛，不能好好说话吗？"

二楼楼梯口的莫雅薇听到这个声音，立刻换上楚楚可怜的表情。

好好说话？厉浅洛看着面前脸色不好看的男人，冷笑着说："我被冤枉了向你解释的时候，你有跟我好好说话吗？"她心底升起满满的委屈。

"你说你都这么大的人了，怎么就不能好好正视自己犯的错误呢？"

她看着男人烦躁的表情，心中不可抑止地疼了一下，指着二楼的女人说道："让莫雅薇滚出这个家，你让我做什么我就做什么！"

楼上的那位好演技！此刻装无辜装可怜，刚才她的冷傲和不屑呢？

斯靳恒快要失去耐心地重复道："我已经说过很多次了，她伤一好我立刻把她送走！"

“那个心机的女人在这里多待一秒钟，我就被多算计一次！”她忍不住咬牙切齿。

“厉浅洛，注意你的措词！”斯靳恒语气冷了下来，这次是真的生气了。

男人的冷漠，让厉浅洛真的失望了，她转身直接跑上楼。

斯靳恒捏了捏隐隐作痛的眉心，立刻跟了上去。

二楼，厉浅洛跑到莫雅薇住的房间，把床上的被子床单全部扯下来，扔到门外的地上。然后拿过桌子上的摆件砸到吊灯上，没两下，昂贵的吊灯就被她砸碎了。

床头的台灯也被她使劲摔到墙上。

房间内顿时一片狼藉，她对门口震惊在原地的几个人说道：“住吧！她莫雅薇今天住一个房间，我厉浅洛砸一个房间！”

斯靳恒头疼地看着小妻子，得！这位小祖宗可真能闹腾！

“阿恒，我搬出去吧！”莫雅薇故作可怜地开口，眼圈泛红，声音听上去脆弱而委屈。

“赶紧的！”厉浅洛听到这句话，顾不上她说的是不是真的，就急着把她赶出去。

“不用，厉浅洛你给我过来！”斯靳恒拉住厉浅洛，硬是把她扯回了房间，嘭的一声关上房间门。

整个世界都安静了。

房间内，厉浅洛坐回床边，不理会脸色阴郁的斯靳恒。

“闹够了？”他冷冷地开口。

“我没有，那个女人不离开，我就闹不够！”她嘴硬地顶回去。

最后斯靳恒也生气了，怒道：“从今天开始，就在房间里好好反思，哪都不许去！”

“凭什么！我不要！”

但是斯靳恒不听她的抗议，转身去了书房，并将门从外面锁上。

当斯靳恒得知厉浅洛逃跑的消息时，她已经坐上了飞往A国的飞机。

由于莫雅薇的原因，厉浅洛心情很不好，这一趟来A国就是为了摆脱在帝城的烦恼，出来散散心。

让她没想到的是，她刚到A国第一天去参观一家酒庄的时候，竟然碰到了赫连宇拓。

不过他们现在已经算是朋友了，两个人品尝了几款红酒后，赫连宇拓把她送回酒店便主动离开。

在A国开心地吃喝玩乐了好几天，厉浅洛才不情愿地打道回府。

这个时候天已经慢慢转凉，厉浅洛回到珍珠泉的时候，别墅里一个人都没有，用人也是下班时间。

她直接回了房间，取了两三套衣服就离开了。

出来的时候，莫雅薇穿着睡衣慵懒地站在隔壁房间门口看着她。

厉浅洛想起自己在A国的第三天，晚餐中被人下了药，还好赫连宇拓及时救了她。

如果要让她知道下药的人是莫雅薇，她一定还给她十个男人！

第十九章　我嫌你脏

莫雅薇看着无视她直接往楼下走的女人，瞬间就不高兴了，冷冷地开口：“我说，这么大一个人站在这里你会不会打声招呼。”

“的确挺大的，四十好几了吧？”厉浅洛眼神都不给她一个，脚步也是停都不停，继续往前走。

“厉浅洛！你给我站住！”莫雅薇看到她不理会自己，上前拉住她的手腕。

“放开我！我嫌你脏！”厉浅洛瞪着莫雅薇，用力甩开她的控制，嫌恶地拍了拍衣袖。

“你不是走了吗，还回来干吗？”莫雅薇不屑地看了一眼面前的女人，“怎么？舍不得什么东西吗？”

“当然！我老公还在这里，该走的是你，我为什么要走？白莲花！别以为我不知道你的猫死掉的事情，是你故意污蔑我！”她就是没有直接的证据，才让自己吃了个哑巴亏。

莫雅薇眼中划过一抹慌乱，“胡说八道什么呢？什么是我干的？厉浅洛，你长一张嘴就是让你血口喷人的？”

“我血口喷人？你自己做没做，自己心里清楚，不用我说！”说完，她继续往楼下走去。

“你别走，把话说清楚！”莫雅薇上去就拉厉浅洛，厉浅洛想使劲地甩掉莫雅薇，甩了好几下都没成功。“你给我放手！”她干脆把手里的衣服扔到地上，用另一只手去拉开莫雅薇。

可莫雅薇就是不松手，两个人的动静不小，就在一瞬间厉浅洛被莫雅薇推了一下，左脚后退一步踩空，整个人在毫无防备的情况下，直接从楼梯上滚了下去……

莫雅薇眼睁睁地看着厉浅洛滚到一楼，生平第一次吓傻了。

她不是故意的，不要有什么大事！

莫雅薇慌慌张张跟着下了楼，只见厉浅洛捂着肚子躺在地上挣扎，整个人缩成了一团，表情特别痛苦。

莫雅薇无意间看到一抹鲜红，她惊愕地瞪大了双眼。

血……厉浅洛的双腿间流了好多血……

她双腿一软蹲坐在地上，只有一个可能，厉浅洛怀孕了……

SL集团内，刚开完会的斯靳恒，私人手机响了起来，是个陌生号码。

他滑下接听键，问："哪位？"

"你好，我这里是帝城第一人民医院，请问你是厉浅洛的家属吗？"

医院？斯靳恒心中一紧，忙问："厉浅洛怎么了？"

"是这样的，病人流产手术已经做完，通知家属来医院办理后面的手续！"

流产手术？饶是斯靳恒，向来淡定的斯靳恒，也被这四个字震惊到半天没说出来一句话。

"喂？您听到了吗？"电话那边的护士小姐提高了分贝。

"你说，她做了什么手术？"斯靳恒觉得自己最近太累了，才会出现幻听。

"流产手术啊，您作为家属不知道？"

紧接着电话就被挂断了，护士一脸莫名其妙。

厉浅洛做了一个很长很长的梦，梦里有爸爸妈妈还有奶奶。她和斯靳恒带着他们的孩子去看望他们三个，在厉家的别墅里开心地唱歌、跳舞，很幸福很幸福。

忽然间出现了一个巫婆，长得和莫雅薇一模一样，冲过来把她的宝宝给抢走了……

"宝宝！宝宝！别走！"

厉浅洛直接从梦中惊醒，蓦然从床上坐了起来。

床边斯靳恒死死地盯着她，还有一旁的莫雅薇一脸遗憾地看着自己。

她脑袋迟钝了片刻，开口问道："我怎么了？"

这里看上去是在医院，哦！对了，她被莫雅薇从楼梯上推了下来！

"你怎么了？"斯靳恒表情阴冷地看着脸色苍白的女人，他的心从来没有这么痛过。

厉浅洛看向表情看上去想要杀人的斯靳恒，疑惑地问他："你干吗这个表情？"

"厉浅洛，你好样的！"斯靳恒咬着牙挤出一句话。

望着她无辜的表情，男人一个没控制住大掌掐上她白皙的脖子。

"斯靳恒，你疯了！"厉浅洛吓了一跳，到底发生了什么事情，居然让斯靳恒有杀了自己的想法？

"我疯了？厉浅洛，我没想到你居然这般心狠手辣！"斯靳恒往日幽深的双眸此刻一片猩红，想到那个未出世的孩子，他加大了手上的力道。

他以前以为厉浅洛被保护在厉献呈的羽翼下，就是一个单纯可爱的千金大小姐。

可爱，活泼，迷人，一直是！

但就是这么可爱的一个女人，杀死了淘淘，还在A国和赫连宇拓暧昧，今天更是偷偷打掉他们的孩子，一条无辜的小生命！

原来他斯靳恒也有看错人的时候！

大掌下的厉浅洛因为呼吸不过来，脸色憋得通红，她用力挣扎着，一声救命都喊不出口。

莫雅薇冷眼看着这一切，嘴角挂着得意的微笑，厉浅洛，你不是得意吗？今天你会死得很惨！哈哈哈！

就在厉浅洛感觉自己快要昏迷过去的前一刻，斯靳恒终于放开了她。

她剧烈地咳嗽了片刻，喘着气质问男人："我到底怎么了？让你想杀了我！"

莫雅薇调整好自己的表情，走上前来，惋惜地开口说道："浅洛，你就是再生气，也不能偷偷来打掉你腹中的孩子啊，胎儿可是无辜的！哎！真可怜，还未见天日，就被你这个当妈的给杀死了。”

她的一番话让斯靳恒双眼更红了，握紧拳头，暴怒地看着床上目瞪口呆的女人。

她腹中的孩子？她有孩子了？她又把她杀死了？

“莫雅薇，你胡说八道什么呢！”厉浅洛感觉脑袋都要炸了，她怀孕了？然后孩子没有了？

厉浅洛情绪异常激动地指控莫雅薇：“是她！她把我从楼梯上推下来的！”

“你够了！这种事情你还想怪到别人身上！你的心呢？”斯靳恒发起火来，莫雅薇都吓了一跳，她从来没有见过如此暴怒的斯靳恒。

像一头狮子！狂怒中的狮子！谁都不敢靠近半步！不过看到斯靳恒根本不相信厉浅洛，她就又放心了。

“斯靳恒，不是我，真的不是我！”厉浅洛想解释，但是情绪过于激动，忽然又昏了过去。

第二十章　孩子没了

即使再怒，这一刻斯靳恒还是立刻按下呼叫铃，叫来医生。

随后进来几个医生给厉浅洛做了一系列的检查，并向斯靳恒汇报："病人刚做完手术，你们不要让她那么激动，这样对她身体伤害极大。"

说话的是刚才给厉浅洛做手术的医生，声音有点飘。

莫雅薇语气柔和地接话，"知道了，谢谢你医生！"

"莫小姐客气了。"

等到医生和护士都离开了病房，斯靳恒看都不看一眼床上的女人，大步离开了医院。

从那天开始，他就没再踏入过医院一步。

厉浅洛住了四天院，情绪每天都很激动，任凭医生和杜嫂怎么劝都没用。

"我要出院！"为什么她的孩子没了，那个恶毒的女人却没有付出一点代价？她要为她未出世的孩子报仇！

"好好好，出院！我刚才问了医生，只要回家注意点，没什么大事。"杜嫂心疼地看着瘦了几圈的厉浅洛，哎！造孽啊！

出院的时候是允起来接她的，厉浅洛目光有点发愣地看着那辆熟悉的迈巴赫。

他会不会在后座？结果，还是让她失望了。

因为流产得坐小月子，回到珍珠泉两三天，厉浅洛每天都在床上度过。

斯靳恒也没有出现过，厉浅洛穿着长袖睡衣睡裤，每天都坐在阳台上，望着远方发呆。

正常吃饭，正常睡觉，表现得很平静，太过于平静，反倒让人很担心。

"浅洛啊，杜嫂是过来人，这个孩子不管什么原因，到底已经没有了。你别太想不开，好好地把身体养好，下一个也很快就会有的。”杜嫂轻轻地拍着厉浅洛的肩膀，她不知道孩子是怎么没有的，所以也不敢说太多。

不过厉浅洛每天郁郁寡欢的样子，她看着就心疼。

就这样一个月过去了，厉浅洛把身体养得很好，也可以出门了。

她先去了一趟墓园，祭拜了已故的家人，然后又和郁晚晚见了一面。

日子过得平淡而无趣，某一天厉浅洛正在发呆，忽然接到了赫连宇拓的电话。

通过赫连宇拓她这才知道今天晚上帝城有一场盛大的拍卖会，斯靳恒也会带着莫雅薇过去。

所以，她答应了赫连宇拓，作为他的女伴出席了拍卖会。

拍卖会上，斯靳恒看到她和赫连宇拓一起出现，并没有很震惊，只是表情冷漠到极点。

拍卖的宝贝其中有一件是厉浅洛奶奶容香婉生前所作的水墨画，厉浅洛想要。

赫连宇拓清楚她的心思，帮她竞拍这幅画。

起拍价是五十万元，赫连宇拓竞拍价是一百万元。

但是就在敲定的前一刻，斯靳恒忽然报了价，“五百万元！”

赫连宇拓没有退缩，“一千万元！”

厉浅洛扯了扯他的衣袖，小声地说：“不要再竞拍了，根本值不了这么多钱！”

但是赫连宇拓看着她只是笑笑，继续在斯靳恒的报价上加价。“三千万元！”

…………

最后在厉浅洛的阻止下，容香婉的画被斯靳恒以六千万的价格拍走。

厉浅洛当时觉得斯靳恒挺蠢的，因为奶奶又不是什么名家大师，他却愿意花六千万元拍走一幅底价只有五十万元的作品。

停车场内，斯靳恒已经等待许久，才看到一起相携走出来的男女。

完全不顾赫连宇拓在场，粗鲁地将女人塞进自己车内，开着车扬长而去！

别墅停车场内，斯靳恒将车子熄火，开口就是冷嘲热讽。“厉浅洛，你胆子不小啊，敢跟着别的男人进出公共场合。”

“你凭什么说我？你不也是跟着别的女人进进出出的，不但如此，还直接把女人带到自己家里，想左拥右抱吗？”厉浅洛不淡定地提高了分贝，这个男人脸皮也太厚了吧！

他若有所思地点了点头说：“左拥右抱？嗯，好主意。”

“你……混蛋！放我下车！”听到斯靳恒还真想这样，厉浅洛气得破口大骂。

“还敢骂我？”活了二十几年，敢骂他的人没有一个在这个世界上好好活着的。

他得好好想想，怎么惩罚她。

“我不要跟你回去！”凭什么那个女人害得她没了孩子，还得意地在她的家里住着？

男人冷笑道：“怎么？攀上赫连宇拓那根高枝了，想红杏出墙？”斯靳恒讽刺的话，让厉浅洛红了眼圈。

“红杏出墙又怎样？你不也是婚内出轨吗？”厉浅洛认定他们两个人有问题。

他不屑地嗤笑，婚内出轨？

“你有什么证据说我出轨？”这个女人真是白痴得可笑！

“那你有什么证据说是我打掉了孩子！”厉浅洛早就想问他这个问题了！

“证据？”不提孩子还好点，提起孩子，斯靳恒表情变得极为阴沉，“医院里你的挂号、诊断单子、手术亲笔签名够不够？”

挂号？亲笔签字？厉浅洛懵了，莫雅薇可真是费尽心思啊，这些都准备好了！在她失神的那一刻，男人将她拉下车塞到后座。

厉浅洛住进了斯靳恒另外一套公寓里。直到厉浅洛一夜间在娱乐圈里火起来的时候，斯靳恒这才知道她进攻了娱乐圈。

调查之后，也才知道是赫连宇拓出手让人包装了厉浅洛。

这个女人真倔强，走了一个月都不回头，好！好得很！

他找到厉浅洛，带着她出去用餐，回来的路上他告诉女人：“搬回别墅去。”

这次闹得够久了，可以了！

女人沉默片刻，不答反问：“莫雅薇呢？”

斯靳恒沉默了半分钟，说：“妈前两天来了，扬言如果让莫雅薇搬走，她就和我断绝关系。”

厉浅洛就不再说话了，那她回去干什么？上次莫雅薇在剧组中以剧情需要为借口，故意扇她的几个耳光，她还记着呢！

“你可以当她不存在！”这件事他总会解决的。

不存在？那可是一个人啊！

“听说过一句话吗？我若在你心上，三千情敌又何妨？而我根本没在你心上。”车内还算甜蜜的气氛，瞬间因为她的话逐渐冷了下来。

第二十一章 今天就进行

“你怎么知道你没在我心上？”斯靳恒咬牙切齿地挤出一句话。

厉浅洛冷笑道：“她不也在你心上吗？你的心可真够大！”

她的话让斯靳恒有种想掐死她的冲动，熟练地打了一把方向盘，将车子停在马路边。

“不是说了需要时间吗？”

女人直视着他的眼睛，拢了拢耳边的碎发，云淡风轻地问道：“多久？用半辈子吗？”

斯靳恒捧着她的脸，让她和自己对视，真诚地说：“不会，很快。”

男人眼里满满的都是深情，厉浅洛差点就沦陷了。

“那等到你彻底忘了她，我再回去吧！”她深深地看了他一眼，拍掉男人的大掌，打开车门，就在路边下了车。

往前走了几步，果断拦辆出租车回了公寓。

斯靳恒看着她离开的背影，靠在座椅上开始沉思，是时候让这一切都结束了。

过去了的总要放下，他既然选择了这个小女人，就得对她的一辈子负责到底。

厉浅洛一个人回到公寓，看着空荡荡的房间，自己心里也是空荡荡的。

斯靳恒刚在这里住几天，她就再次习惯了他的存在，一个人的习惯好可怕……

让他们没有想到的是，今天晚上两个人一起去用餐的画面被记者拍到放在了网上，搜索热度暴增，瞬间上了新闻头条。

拍摄剧组中，莫雅薇找了个人少的地方，翻着手机上的头条新闻，脸色变得很阴暗。

厉浅洛这个该死的女人，都走了这么久还不放弃勾引斯靳恒，那好吧！那她就让斯靳恒放开她！

转身给身边的舒楠吩咐了一声：“今天就进行！”

舒楠明白她的计划，立刻就离开去一边打电话。

工作了一天的厉浅洛累得够呛，回到公寓的时候已经是凌晨，她瘫软在沙发上刷了刷自己的微博，果然很多人都跑来骂她。说她配不上斯靳恒，甚至有人说她是斯靳恒和莫雅薇之间的第三者……

烦躁地关掉手机，下了楼一阵冷风吹来，厉浅洛裹紧身上的大衣慢慢地往超市走去。

过了小区监控，一辆面包车从她身边经过，原本走在街上的厉浅洛忽然就不见了。

厉浅洛再次醒来的时候，发现自己狼狈地躺在一个甲板上。

海风很冷，她悄悄地坐起来裹紧身上的外套，警惕地打量着周围的情况。

她记得刚才自己正要去超市，然后一个手帕过来捂住她的口鼻，自己就什么都不知道了……

与此同时，从船舱内出来五六个男人，满身密密麻麻的文身，她瞬间提起所有的警惕。

其中两个男人率先向她走来，厉浅洛往后退了两下，颤抖着双唇问道：“你们绑我做什么？”

“做什么？你等会就知道了。”

两个人把厉浅洛架起来扔到一张破旧的沙发上，她立刻往沙发的角落里缩了缩身子。

就在这个时候，从船舱内走出来一个女人，踩着高跟鞋缓缓而来。

当距离越来越近，厉浅洛一眼就认出来了那是莫雅薇！

她心中不好的预感更加强烈，吼道：“莫雅薇，你这是什么意思！”

莫雅薇冷笑，过来捏住她的下巴，一副高高在上的模样宣布：“干什么？厉浅洛，今天我就让你在斯靳恒面前永无翻身之日！”

莫雅薇松开厉浅洛，并给身边的几个男人使了个眼色。

厉浅洛坐在原地莫名其妙地看着他们逐渐逼近莫雅薇，这是什么情况？

没想到莫雅薇忽然就坐到地上，开始放声尖叫：“救命啊！厉浅洛，你想干什么？”

几个男人围上去开始撕扯女人身上的外套，外套很容易就被扯掉丢在一边。

厉浅洛来不及多想，从沙发上站起来就要上前去阻止他们。

莫雅薇平时是可恶，她也会报仇。但是，这种当着她的面被几个男人欺负的事情，她还是狠不下心不救她。

莫雅薇拼命大叫：“厉浅洛，求求你，放过我！啊！不要啊！”

正当厉浅洛被莫雅薇的举动弄得莫名其妙的时候，一个冰冷熟悉的男音凌厉地响起。

“住手！”

听到这个声音莫雅薇哭得更加凄惨，看到斯靳恒仿佛看到了救命稻草，哭喊道：“阿恒，快救救我！”

莫雅薇眼中的恐慌，让斯靳恒仿佛看到了那一年在酒店，她也是如此恐慌地求救，只是他不在身边。

几个男人见有人来纷纷停下了手中的动作，其中一个男人扭过头问厉浅洛：“厉小姐，还要继续吗？”

斯靳恒一记犀利的目光扫了过来，厉浅洛这才后知后觉自己被这个女人陷害了……

她立刻看向男人，大声解释：“斯靳恒，不是我！”

只是斯靳恒因发怒而猩红的双眼一直看着莫雅薇那边，根本不看厉浅洛！

男人飞快地走向莫雅薇身边，一脚将刚刚粗暴对待她的男人踹飞，其他几个人看到这种情况立刻来到了厉浅洛身后，一副寻求庇护的模样。

“莫雅薇，你是不是神经病！”厉浅洛看到几个大汉的动作，怒气冲冲地质问女人。

莫雅薇瑟瑟发抖地躲在斯靳恒的怀里，男人将外套脱下来披到她身上。

看到这一幕，厉浅洛非常生气地走上前去，把斯靳恒的外套给扒下来，扔到一边的地上。

男人望着女人，幽深的双眸冰冷到极点。

这一刻，厉浅洛还在傻傻地问道：“斯靳恒，你是不是不相信我？”

“你够了！我从来没想到你这么歹毒！”斯靳恒咬牙切齿地说道。到现在为止他终于看清了她的心，这个阴暗歹毒的女人！

话落他抱起地上仍在发抖的女人，准备离开。

女人唇角扬起一抹自嘲的微笑，这一刻她知道自己是时候该放下了，她轻声呢喃道：“斯靳恒，如果你今天不相信我，我们就……离婚吧！”

第二十二章　跳海

这样的婚姻，死撑着有什么用呢？

男人目光落在她的身上，抱着女人沉默地站在原地，最终还是冷冷地吐出一个字：“好！”

他陌生的眼神，让厉浅洛觉得自己从来没有认识过他。

他现在居然连离婚都同意了，呵呵！厉浅洛想笑又想哭。

看着男人欲转身，她像疯了一样大喊：“斯靳恒，今天如果你转身，我们就永别了！”

后面正是一望无际的大海，厉浅洛一步一步往后退去。

斯靳恒深深地看她一眼，毫不犹豫地转身离去。

这个女人向来都是……

他后面的字没有来得及想，只听得背后传来“扑通！”一声响，是有人跳海了！

斯靳恒心中一紧，他想转身，但是听到从四面八方连续响起了十几声扑通跳海声，他知道是有人跳下去救她了。

最后到底也没有转身，便大步离开。

这个女人向来都是这般任性。

第二天，网上疯传着一段视频，一看就是偷拍的。但这不重要，重要的是里面的内容很精彩，有人把昨天晚上在码头的一幕给偷拍上传到网上了。

拍的人很有技巧，从莫雅薇呼救开始，一直到厉浅洛跳海。十几个穿黑色衣服的男人也跟着跳了进去，就结束了。

摆明了就是三角恋，厉浅洛绑架了莫雅薇，莫雅薇被随后赶来的斯靳恒所救。

斯靳恒不爱厉浅洛，厉浅洛以死相逼，中间厉浅洛说要离婚的画面，也被有心人剪辑掉了。

一夜之间，厉浅洛失踪，生死不明，还成了人人口中唾弃的心机女。

在这件事情发酵到最火热的时候，陆梓熙带着一份厉浅洛签过字的离婚协议书去了SL集团，亲眼看着斯靳恒也在上面签了名字。

就在今天，斯靳恒和厉浅洛的婚姻走到了尽头。

后来的某一天，喝醉的斯靳恒不断敲着厉浅洛公寓的大门，他靠在门上等了许久，都没有人开门。

直到碰到陆梓熙来取东西，他才知道厉浅洛搬走了，连陆梓熙都不知道她搬去了哪里……

斯靳恒第一次感觉自己心爱的东西忽然不见了，那种失去的感觉让他整个人都颓废了。

他也明白了，嘴里口口声声说要走的人，从不会走远。

真正要离开的人，会一声不吭连句再见也没有就消失了。

厉浅洛就属于后者……

又过了半个月，斯靳恒和莫雅薇两个人高调订婚，轰动到全世界都知道。

与此同时，厉浅洛正住在帝城郊区一处小巷子内，这里的房子有些破旧，但收拾得干干净净。小腹微隆的厉浅洛，盯着电视机里斯靳恒订婚的新闻，潸然泪下："宝宝，你看到了吗？你爸爸要和害死你姐姐或者哥哥的那个女人订婚了，从此妈咪真的只有你了！"

半晌后厉浅洛擦干眼泪，她抬头看了一眼外面的天空，阳光明媚。

调整好心情，她将院子里水龙头下接了大半桶的水慢慢地提进厨房。

厨房的水龙头前两天坏了还没来得及修理，只能先从院子里提水进来用。

院子的大门忽然从外面被打开，两个男人打量了一下破旧的院子，微微皱眉。

然后就看到了吃力地提着水桶的那个女人，黎优芜震惊地开口："洛洛姐！"

黎优芜？厉浅洛诧异地转过身来，看到果然是他！

黎优芜，当今流量巨星，厉浅洛认识他是当初在剧组里一起拍戏。当时她就对这个大男孩印象挺好的，所以两个人也成了朋友。

和他一起过来的是一个穿着军绿色制服的冷峻男人，叫黎优寒，黎优芜的亲哥哥。

两个人眼神复杂地看着大肚子的厉浅洛，她这个样子差点让黎优芜哭出来。几个月不见，女人因为怀孕什么化妆品都没用，脸上没了以前的光泽。

身上一件宽松的深紫色孕妇装，脚上踩着软底平底鞋，笨拙地将手里的水桶轻轻放下。

厉浅洛惊喜地浅笑道："黎优芜，你怎么知道我在这？这位是？"

黎优芜红着眼圈跑到她面前，紧紧地将她抱住："姐！我的亲姐姐！"

这是他的亲姐姐！他们黎家找了二十多年的孩子！

当黎优芜看到黎优寒给他发的照片时，他真的很惊喜很意外！他一直感觉很熟悉很想靠近的厉浅洛居然是自己的亲姐姐！

厉浅洛一头雾水地看着面前的大男孩，这家伙平时不都是叫她洛洛姐的吗？怎么忽然改了称呼？

"二妹！"作为军人的黎优寒看着面前的女人，一向冷峻的脸上浮现出少有的激动。

厉浅洛真的被他们两个弄糊涂了，黎优芜擦干眼泪把厉浅洛拉进屋内，说道："先进来再说。"

三个人一起进了她现在住的房子。

黎优寒大概地扫了一眼窄小而干净整齐的房间，越来越心疼这个妹妹。

黎优芜先让厉浅洛在沙发上坐下，才慢慢告诉她事情始末。

原来她是A国黎氏家族失散了二十多年的血脉。厉浅洛刚出生三个月的时候，发高烧住进了医院，被歹人偷走，从此下落不明。

他说到这里，厉浅洛是相信的，因为父亲厉献呈走的那天，告诉她自己是捡来的……

黎优寒板着身体坐在矮小的凳子上，接过黎优芜的话继续讲述她的身世。

黎氏家族在A国是一个古老的大家族，他们的爷爷黎琅年现在已88岁高龄，她的亲生父亲黎贺翔和母亲龚安琪都在A国部队工作。

黎优寒看着小时候他抱过两三个月胖乎乎的可爱妹妹，二十几年不见，现如今已成了准妈妈，心里说不出什么滋味。

这个突如其来的消息让厉浅洛一时消化不了，黎优寒看着妹妹迷茫的表情，又开口道："爷爷还有爸爸妈妈知道我们已经找到你了，他们都很想你，明天想亲自过来接你可以吗？"

厉浅洛迷茫地看着黎优寒，不知道该说什么，只是条件反射地点了点头。

黎优寒立刻起身走到院子里去打电话。

后来厉浅洛在黎优芜的劝说下退掉租的房子，跟着去了大哥黎优寒的别墅。

厉浅洛走的时候小胡同里围满了人，因为黎优寒开的豪车，是他们平时难得一见的。

那天靳斬恒和莫雅薇订婚，她的身世真相大白，让厉浅洛一夜无眠。

第二天不到中午，黎优芜告诉她，家里的人都来了。

厉浅洛跟着黎优芜下了楼，头发花白的老人黎琅年少了平时的严肃，故作淡定地看着从楼上走下来的女孩。

穿着制服的龚安琪则是紧紧握着黎贺翔的手，平时也是很严肃的她，看着从楼梯上下来的女孩子早已忍不住泪眼婆娑。

厉浅洛拽着黎优芜的衣角，看着面前的三位长辈，先有礼貌地开了口："你们好，我是厉浅洛！"

第二十三章　她回来了

龚安琪毕竟是女人，见到自己找了二十几年的亲生女儿就站在自己面前，立刻将她抱在怀里，泣不成声。“孩子，我的女儿，妈妈终于找到你了！”

厉浅洛看着哭成泪人的妈妈，小心翼翼地也搂住了她。

也许真的是自己的亲生妈妈，这个女人身上散发出来的熟悉气息，让她感到亲切。

“孩子，我是你的妈妈！”龚安琪捧着厉浅洛的小脸，又哭又笑地介绍着自己。

黎优芫拉了拉发愣的厉浅洛，小声地提醒：“快叫妈妈呀！”

看着面前的龚安琪，厉浅洛轻轻地叫了一声：“妈。”

龚安琪把她紧紧地搂在怀里，欣喜地说：“我的宝贝女儿，妈妈终于找到你了！”

厉浅洛来到年迈的老人面前向他打招呼：“爷爷！”

黎琅年开心地握着她的手，红着眼圈直点头。“没想到爷爷在有生之年还能见到我的乖孙女，真好真好！”

面对着黎贺翔，厉浅洛犹豫了一下才叫出来：“爸！”

“乖女儿！”黎贺翔笑容中带着慈祥，眼前就是他曾经天天抱在怀里的亲生女儿!

一家人相认，所有人的心情都很激动很开心。

厉浅洛最后看着家人认真地说道：“爷爷，爸妈，哥哥，优芫，有些事情我需要交代，我离婚了，孩子已经6个月，如果你们要是介意……”

“不介意！我的曾孙子！谁敢介意！”黎琅年先表明自己的态度。

龚安琪安慰地拍了拍她的手说：“傻孩子，爸妈高兴都来不及，怎么会介意呢？”

“对啊，你是我姐了，谁敢介意我第一个不放过他！”黎优芜终于知道，厉浅洛让他感觉很熟悉，还有另一个原因，就是她和大哥长得好像！

“你这二十几年来的养父母呢？”黎贺翔准备登门拜访，亲自答谢。

“我养母在我8岁的时候就不在了，养父在家里变故后就失踪了，然后我嫁给了……我前夫，最近我们办了离婚，然后我现在一个人生活……”厉浅洛什么都没有隐瞒。

就是不知道养父厉献呈现在怎么样了！她好担心他啊！

厉家的不幸遭遇，让大家都沉默了，黎优寒安抚地说道：“你不用担心，没有消息就是最好的消息，我改天再托人去帝城找找。”

看着厉浅洛难过的表情，就能猜出来她的养父养母对她很好！

跟着家人离开帝城之前，厉浅洛拍了张自拍照发到微博，配上文字：“从此以后，一个人荣辱不惊，笑看未来，再见我的那些年。”

又给陆梓熙发了条消息：“我的好朋友，谢谢这么久以来你对我的帮助和照顾，我走了，我们后会有期。”

看着厉浅洛给他发的信息，陆梓熙低了低头，一滴眼泪从他的眼眶里流了出来。

四年后，黎家别墅的儿童房内，肉乎乎的黎暖暖正乖巧地趴在姥姥的肩膀上。

“暖暖，来，姥姥哄你睡觉觉！”龚安琪抱起软绵绵的小可爱，往床边走去。

“姥姥，妈妈还没下班呢？”

“对呀，妈妈就快回来了，姥姥先给你讲故事好不好？”把暖暖放在小床上，龚安琪打开床头灯，拿起一本故事书，开始读给床上的小人儿听。

黎暖暖乖巧地听着姥姥给她念白雪公主的故事，不一会儿便呵欠连连。

九点半黎暖暖准时入睡，房间的门从外面轻轻地被打开。

“妈，暖暖睡着了？”这两天总裁要退休，黎浅洛手里的工作很多，所以晚上回来得也很晚。

“嗯，小点声，走吧！”龚安琪拉着她往门外走去，黎浅洛连忙松开她的手：“我今天还没看暖暖呢，我亲亲她！”

龚安琪笑笑说：“去吧！”

黎浅洛走到女儿面前，看着她沉睡的容颜，在她肉乎乎的小脸上，亲了又亲。

“好啦，再亲暖暖就醒了！”龚安琪拉着女儿就往外走，随手给暖暖关上门。

“妈，今天暖暖乖不乖？”厉浅洛在三年前正式改姓为黎，入黎氏族谱。

“当然乖啦，也不看看是谁的外孙女！”想起暖暖，龚安琪笑眯了眼睛。

“那就好！”

母女俩一起进了黎浅洛的房间，龚安琪告诉正脱外套的女儿：“明天你爷爷92岁大寿，想把你正式介绍给参加寿宴的所有人。”

回来四年，浅洛一直都很低调，专心在家养育女儿一年多，随即就出去工作了。

四年了，有些事情该面对了，该来的总会来。

黎浅洛深吸一口气，点点头，“好，但是暖暖就算了。”她不想让女儿曝光。

“我也是这么想的，早点休息，明天晚上早点回来参加爷爷的寿宴。”龚安琪欣慰地拍了拍女儿的手，女儿回来以后，这家果然多了不少生机。

黎浅洛泡过澡赶走满身的疲惫，躺在床上打开手机翻出一张照片。

照片上是男人和女人订婚的场景，他带着淡淡的微笑给她戴上戒指……

爷爷把她介绍给媒体，也就意味着她四年来的隐藏要曝光了。

帝城SL集团内，斯靳恒还在公司加班工作。

允起惊慌失措地推开总裁办公室的门，里面对着电脑办公的男人冷冷地扫了他一眼。

这几年，总裁眼神杀人的功力又晋级了，允起吓得连忙关上门，重新敲门。

“进！”淡淡的声音从里面传出来，允起才淡定地打开门。

只是他还是忍不住步伐慌张地走到斯靳恒的办公桌前面，“总裁，你猜我刚才在新闻上看到了谁？”

让他猜？斯靳恒又是一个凌厉的眼神扫过去，允起打了个冷战，赶紧拿出自己的手机，重新播放刚才看到的视频。

看着视频的斯靳恒眼神逐渐变得深邃，富有深意的眼神像旋涡一样差点把允起吸进去。

第二十四章　让那个女人彻底消失

许久以后，时间真的很久了，手机都要没电了。

允起才听到斯靳恒的声音：“A国那边公司的代理总裁是不是退休了？”

“是的，现在下一任代理总裁人选还没确定。”允起立刻回答。

“你去安排！”这个女人不声不响地从他的生活里消失了四年，如今竟然这样高调地以另一种身份出现了。

允起明白，点了点头。

总裁和莫雅薇订婚四年，但迟迟不结婚，这代表什么？别人不懂，他允起可是懂的！

斯靳恒突然把事业要转向A国，莫雅薇很是纳闷，看着这几天忙着做交接工作的斯靳恒，察觉出一丝不对劲。

直到那天晚上，她看到一个视频，A国黎氏家族向众人高调介绍自家失散了二十几年的血脉，莫雅薇瞬间明白了一切。

消失了四年的女人出现了！她居然还是黎氏家族的血脉！

不错嘛，身份地位都上升了不少呢！黎优尧是她的弟弟，那么四年前，黎优尧是不是就已经知道了黎浅洛的真实身份呢？

还有斯靳恒也真是迫不及待呢，消息才刚发出来几天，他就已经采取行动了……

莫雅薇坐在化妆台前，笑得很凄凉。

四年了，他们订婚四年了！无论双方家人怎么催婚，他都置之不理。

这一刻，她懂了，这个男人心里一直都没忘记那个女人！

她紧紧地握起了拳头，既然这样，那么，就让那个女人彻底消失吧！

黎浅洛今天刚到公司就被副总裁刑隆叫进了会议室，紧急召集各个高层开管理层会议。

“SL集团总裁，咱们真正的老大，斯靳恒要来接替A国分公司总裁的位置，请大家做好各部门工作和心理准备……”

威斯汀饭店888包间内，黎浅洛一身白色的连衣裙，外面穿着大红色风衣，脚上是白色的新款鳄鱼嘴皮鞋。

脸上化着精致的妆容，涂着正红色口红的嘴唇始终带着浅浅的笑意，她找了个离主宾位最远的座位坐下。

公司八个部门的经理、两个副经理、一个总经理、一个副总裁全部到齐，就差主宾位上那个老大。

七点半，包间的门准时从外面被打开，从外面踏进来的那个男人，全身上下散发着强烈的霸气，让所有人都立刻严肃起来，纷纷从位置上站了起来。

“斯总，欢迎欢迎！”刑隆连忙走上前去，非常恭敬地将男人请到主位上坐下。

接下来就是一阵寒暄，黎浅洛则是静静坐在自己的位置上，垂首听着刑隆亲自给男人介绍公司各个部门的管理人员。

介绍到她的时候，刑隆告诉斯靳恒：“斯总，这位是公司总经理，黎浅洛，在公司三年工作非常优秀，前任总裁破格提拔她为总经理。”

“三年能坐上总经理位置，的确很优秀。”

真的是久违了！这低沉富有磁性的嗓音！黎浅洛的红唇勾起浅笑。

其他高层暗暗擦汗，介绍别人的时候，斯靳恒都是淡淡地点头，这介绍到黎浅洛，总裁还开了口夸赞，年轻漂亮的就是吃香啊！

不少三四十岁的女经理看到魅力四射的斯靳恒，都忍不住红了脸，心脏扑通直跳。

当事人则是淡淡地回应道：“黎浅洛承蒙张总厚爱，斯总，过奖了。”

所有人都注意到，她似乎都没正眼看斯靳恒一眼。

大家你看看我，我看看你，气氛变得有点诡异。

刑隆一看气氛不对，连忙介绍下一个经理。

介绍完各个经理，就是去给斯靳恒敬酒的环节。

对于他们招待斯靳恒的热情，黎浅洛好像没感觉到。只是默默吃着桌子上的菜，偶尔还喝上两口果汁。

刑隆给黎浅洛的酒杯倒了些白酒，热络地说道："黎经理，到你了，快去给总裁敬杯酒。"

黎浅洛缓缓放下手中的筷子，一脸抱歉地看着他，"刑总，我这几天身体不舒服，不能喝酒，不好意思。"

这话本来该对着斯靳恒说的，黎浅洛却抱歉地看着给自己倒酒的刑隆。

这个小举动让刑隆有点尴尬，这黎浅洛今天到底怎么回事？平日里看她游刃有余地和同事们打好关系，怎么到总裁这里了，这么掉链子？

刑隆也没有再勉强黎浅洛，决定回去好好说说她，就让坐在旁边的其他部门经理先给总裁敬酒。

一顿饭，除了黎浅洛有点格格不入外，算是气氛融洽地结束了。

刑隆推着黎浅洛去送送斯靳恒，这次黎浅洛拒绝不掉，只得跟着一起过去。

斯靳恒因为刚才多喝了几杯，这会儿脸色有点发红。

酒店门口，天色已晚，允起守在迈巴赫旁，正等着斯靳恒。

看到许久不见的黎浅洛，允起压抑住心中的兴奋，故作淡定地对着她点点头，这让一旁的刑隆有点纳闷。

看上去总裁特助好像认识黎经理，那么总裁之前认识黎经理吗？

"刑总，我的手机好像忘在饭店了，你帮忙去取一下。"本来应该坐进车里的男人，忽然转过了身。

"好的，总裁，我这就去，您等一下。"

刑隆连忙小跑着进了饭店，一旁的黎浅洛暗叫不妙，连忙想跟上刑隆的步伐。

“黎总经理，上来谈谈？”斯靳恒眯着眼睛慵懒地靠着车门，眼前的小女人，四年不见成熟不少。

黎浅洛没有回头，声线平缓地拒绝，“不了，斯总既然喝多了，就早点回去休息吧！”

斯靳恒闻言笑了笑，没说话，他不着急，慢慢来。

邢隆很快从酒店跑了出来，手里还拿着一直响铃的手机。

“斯总，有个叫薇薇的人给你打电话！”邢隆接触到斯靳恒冷冷的目光，才反应过来，自己不应该多看的。

黎浅洛清清楚楚听到邢隆的话，转身直接上了旁边自己的车，在斯靳恒没走之前自己先行离开。

邢隆看着扬长而去的宝马车，在心里一直嘀咕，这黎经理今天到底怎么回事，这点礼貌都没有了。

斯靳恒随后关掉手中的手机，扫了一眼已经消失的宝马车，这才上了车。

邢隆很有眼色地给他合上车门，恭敬地说：“斯总慢走！”

邢隆重新回到酒店包间时，各个经理都在海吃海喝，刚才斯靳恒在这，他们筷子都不敢怎么动，这会儿都饿得不行了。

邢隆坐回自己的位置，没有动筷子，纳闷地问大家：“这黎浅洛今天怎么回事？”

第二十五章　请您自重

“怎么回事？我猜总裁和总经理应该是认识的。”人事部女经理杜素素说道，这是女人的第六感。

公关部经理钟云娜神秘兮兮地告诉大家：“这你们都不知道了吧！黎浅洛以前叫厉浅洛，曾经是在帝城红极一时的大明星，那个时候和斯总、莫雅薇这两个名字纠纠缠缠地上了好几次新闻呢！后来不知道什么原因，黎浅洛就退出了娱乐圈，彻底销声匿迹。”

其实她早就认出了黎浅洛，只不过一直没说过。

“真的啊？看不出来黎经理以前还是明星呢！也是，长得那么好看，做明星完全有资本！”副总经理常杰是四十多岁的男人，一直都惊艳于黎浅洛的外貌。

一桌子高层揪着斯靳恒和黎浅洛的话题聊了很久，到最后得出的结论就是，总裁太可怕惹不得，和他有关系的黎浅洛也不能随便招惹。

黎浅洛今天起了个大早，先去看了看还没睡醒的女儿，然后开始洗漱化妆。

今天是斯靳恒第一天上任，所有员工提前一个小时到公司做准备工作，她也必须提前更早赶去公司安排工作。

黎浅洛叫醒正在呼呼大睡的黎优羌，交代他记得送暖暖去学校，就匆匆地离开了家。

7点58分，刑隆和黎浅洛笔直端正地站在公司门口迎接新总裁。

熟悉的迈巴赫准时准点停在公司门口，允起从主驾驶上快步走下来，打开后座的车门。

首先映入眼帘的是一双崭新的黑色意大利手工皮鞋，然后是身着黑色西装、白色衬衣、打着深蓝色领带的斯靳恒从车上走了下来。

男人身上强大冰冷的气势，让没见过他的人纷纷倒吸了一口冷气。

冷漠的双眸一扫门口的阵势，拿着公文包向公司走进来。

“欢迎斯总上任！”黎浅洛一身黑色工作制服，脸上挂着公式化的标准微笑。侧身往旁边后退一步，给斯靳恒让路。

她和刑隆话音刚落，后面各部门经理还有迎宾整齐有力地喊出口号：“欢迎斯总上任！”并90度鞠躬表示欢迎。

这种阵势斯靳恒早已习以为常。

“管理层五分钟后到会议室开会。”冷漠的声音回响在安静的一楼大厅内，黎浅洛立刻跟了上去利索地回答：“好的，总裁。”不能让副总裁亲自去安排，所以这种工作肯定是她的了。

“总经理等下给我汇报工作，我要详细的数据。”

黎浅洛按开电梯，跟着斯靳恒走进电梯，按亮66层总裁楼层的按钮。

电梯门关上，只有斯靳恒，允起，黎浅洛，刑隆四个人。

“好的，总裁！”黎浅洛暗自吐槽了一句，让我给你汇报工作？我的工作还多着呢！

狭小的电梯空间，黎浅洛恍惚间又感受到斯靳恒身上熟悉的味道。

只是片刻的恍惚，电梯就到了66层总裁办公楼层。

总裁办公室被打扫得很干净，所有的东西都是新换的。落地窗旁放着的几盆绿植特别显眼。

斯靳恒扫了一眼办公室，下达命令：“绿植搬出去，窗帘沙发换个颜色，现在去开会！”

“总裁，如果您平时抽烟，绿植必不可少的！”黎浅洛淡定地看着斯靳恒，这大烟枪的办公室里怎么可以少得了绿植？

刑隆悄悄吸了口冷气，黎浅洛连总裁的命令都敢抗拒，他还是尽量隐藏自己吧！

允起则极力忍住笑意，静看自家总裁吃瘪。他用十块钱打赌，总裁是绝对不会拒绝的！

果然，斯靳恒冷冷地扫了一眼身后的女人，女人则是更加淡定地和他对视，眼睛中不带任何情绪。

“那就劳烦黎总经理了！”

“斯总客气了！”黎浅洛对面无表情的他点了点头。

允起看着黎浅洛的身影，还真和四年前不一样了，只是……一个女人在三四年怎么会变化这么大？

开过早间会议，斯靳恒以黎浅洛数据出错为由，把她叫进了总裁办公室。

办公室内，斯靳恒站在落地窗前，俯视着窗外的街道。听到门被打开，他没有回头就知道是谁来了。

黎浅洛望着男人熟悉的侧脸，心里涌出一阵酸涩。几年不见，他更加成熟，也越发有魅力。

她收起乱七八糟的思绪，深呼吸压抑住自己的情绪，公式化地开口问道：“斯总，财务数据哪里不对？”

斯靳恒转过身来和她对视，男人眼神中散发的光芒，好像是一头狼在看着一只猎物。

他的目光太过直接，黎浅洛低头打开手中的文件夹，来掩饰自己的尴尬。

斯靳恒双手插在口袋里，向她这边走来。越来越近的男性气息，让她不自觉地后退了一步。

他最后在她面前站定，仔细打量着小女人，她少了四年前的稚嫩，多了几分成熟女人的味道。

五官还是那么的精致，这样的黎浅洛，无时无刻不散发着独特的魅力。

“哪里都有问题。”他淡淡地开口，仔细观察着女人的表情。

黎浅洛笑了笑，说：“斯总如果觉得有问题，我这就回去把所有的数据再重新测试一遍！”

黎浅洛在心中暗骂一句，这分明就是在故意找碴！

男人闻言浓眉微挑，如果是在四年前，面对他的故意刁难，她手中的文件夹恐怕早就扔得远远的。而现在只是笑了笑，很淡定地回去重做，果然成长了不少。

“不着急。”他的大掌捏上她小巧的下巴，强迫她抬起头看着自己。

思念了四年的男人，就站在自己的面前，距离近到一抬手就可以摸到他的脸，黎浅洛生生地忍住了。

干脆地拍掉男人的手，将脸撇向一旁不去看他。

“斯总，这是公司，请您自重！”

第二十六章　居然调戏她

“自重？”他听到这两个字，低低地笑了，“自重怎么写？告诉我！”

他低下头紧紧地盯着她，近到两个人都能感受到彼此的呼吸。

办公室内静悄悄的，因为两个人的靠近，蓦然泛出丝丝暧昧气息。

黎浅洛再后退一步，白皙的脸颊染上红晕，像涂了胭脂般，煞是好看！

“斯总，没事的话我就先回去工作了。”黎浅洛仓皇而逃，只是在她准备打开门的时候，斯靳恒一把拉住了她。

直接把她逼到门上，他双手撑在她身体两侧，邪魅的声音在耳边响起，“我让你走了吗？”

看着怀中微微颤抖的女人，他忍不住低下头果断封住她的红唇……

四年没见，他每个日夜都会想念这个在他看来恶毒到极点的女人。

她到底是给他下了什么圈套，让他如此地思念她！

办公室瞬间安静了下来，只有彼此心跳加速的声音。

黎浅洛怀中的文件夹掉在地上，双手不自觉地拦上他的腰，热情回应。

直到斯靳恒将黎浅洛打横抱起的那一刻，女人立刻挣扎着从他身上跳了下来，快速拉开办公室的门，两秒钟内不见了人影。

斯靳恒望着她仓皇而逃的背影，再舔舔自己的嘴唇，唇角勾出邪魅的笑容。

特助区几个秘书看到向来淡定优雅的黎总经理，匆忙地从办公室冲到电梯内。

个个都是目瞪口呆的表情，大家你看看我，我看看你，都想知道发生了什么。

全场只有允起一个人一副很淡定的样子，因为他知道，总裁要开始进攻了！

黎浅洛步伐慌乱地回到自己办公室，心虚地关上门并反锁，后背紧紧贴在门上，努力抚平自己扑通加速的心跳。

黎浅洛你说好的淡定呢？说好的无视呢？说好的就当陌生人呢？你怎么那么不争气！

还有那个该死的男人，居然调戏她！

如果要是再轻易被那个男人吃干抹净，黎浅洛你就别来公司上班了，还不够丢人的。

午餐时间，黎浅洛心情烦躁，没打算吃午饭。

就在这个时候，电脑屏幕右下方弹出公司系统的消息通知，是总裁特助发出来的："所有管理层，去员工餐厅用餐，总裁考察员工餐厅的伙食情况。"

黎浅洛揉了揉脑袋，这想不吃饭都不行，你就不能等两天再去餐厅考察？

她只得拿着手机，拿上就餐卡，往员工餐厅走去。

刚按开电梯，黎浅洛就无语了……因为斯靳恒正带着允起站在里面，直直地看着她。

她往前走也不是，不走也不是，允起已经将脸扭到一边，身体剧烈颤抖，不难看出他在努力憋住笑。

黎浅洛后退一步，决定不上电梯。

电梯门关上的最后一秒，斯靳恒又给按开，一把将黎浅洛拉了进来。

毫无防备的黎浅洛没站好，一个踉跄直接扑进了斯靳恒的怀里。

…………

电梯再次被打开，公司的两个女同事目瞪口呆地看着总裁怀中的女人。

斯靳恒眼中划过一抹坏笑，对着怀中的女人沉声开口提醒："黎总经理，在公司里请自重！"男人云淡风轻地又把她说过的话还给了她。

气得黎浅洛差点跳起来，连忙站好立到一边。

允起已经快憋出内伤了，就是不敢笑出声。

黎浅洛感受到电梯外面的两个同事都在用复杂的眼神看着她，她淡定地整理了一下工作制服，装作若无其事地开口说道：“不好意思，斯总，刚才上电梯不小心绊了一下。”

她的话让两个女同事松了口气，还好，她们黎经理不是那种女人。

嗯！黎浅洛能耐了！斯靳恒双手插进裤子口袋，玩味地看着女人嫣红的侧脸。

无视他的注视，黎浅洛问两个女同事：“你们坐不坐电梯？”

“坐坐坐！”

下了电梯，黎浅洛立刻和斯靳恒拉开距离，快步往打饭的餐厅窗口走去。

好在公司的餐食还不错，斯靳恒只是提了几个小意见后就没再继续谈论工作。

第一天就这样在斯靳恒的精神折磨下过去了，下班时间刚到，黎浅洛就打卡下班，第一时间离开了公司。

仿佛身后有洪水猛兽追着她一般。

只是……她的宝马车旁赫然停着一辆再熟悉不过的迈巴赫，她刚平静的心又开始怦怦乱跳。

这一刻，她都不知道自己该祈祷他在车里面，还是不在里面。

这时，允起从主驾驶上走了下来，浅笑着拦下黎浅洛。“黎经理请留步。”他可是奉了总裁的旨意过来的。

黎浅洛看到是允起，松了口气的同时心中又划过一抹失落，问道：“允特助，在这工作还习惯吗？”她从包包内翻出车钥匙。

允起笑得甚是开心，“非常习惯，黎经理，总裁吩咐让您在车上等他，他马上下来。”

在他车上等他？他想得挺美的。

“不好意思，允特助，现在是下班时间，总裁没有权利分配的我的私人时间，再见！”

她立刻往宝马车的主驾驶走去。

这个时候斯靳恒却不知从哪儿突然冒出来，一个跨步快速地来到黎浅洛身边，拉住正要坐进车内的她。

“呵！”黎浅洛吓了一跳，看到拉着自己手腕的男人，第一反应就是连忙四处张望，看看有没有人注意他们这边。

还好天色渐黑，基本上没有人能看清这边的情况。

她想挣脱着男人的控制，只是没有一点用。

她硬生生地被斯靳恒推进迈巴赫的后座，随后男人跟着一起坐了进来。

允起替她关上宝马的车门，用最快的速度坐回迈巴赫主驾驶，将车子驶出公司停车场。

黎浅洛冷声质问身边面无表情的男人：“斯总，现在是下班时间，您这样做不合适吧？”她揉了揉自己被扯痛的手腕，一个大男人就不会怜香惜玉吗？

斯靳恒丝毫不把她的抗议放在眼里，吩咐前排的允起：“去附近的饭店。”

“不用了，我家人还等着我回去呢，允特助请停车！”黎浅洛干脆地拒绝他无形中的邀请。

又拒绝他？斯靳恒回头看着女人的侧脸，眼神中散发出危险的光芒。

第二十七章　总裁居然没有发怒

允起一时间不知道该听谁的，只能放慢了车速。

“把车停路边，等会儿我联系你。”他是在跟允起说话，而目光却看着黎浅洛。

允起迷茫了，但他什么都不敢问，也什么都不敢说，将车子停在路边，打开双闪灯，允起下了车。

黎浅洛的手刚放到车门上，就被一个大掌按住。

她只得抽回自己的手，看着靠近自己的男人，不知道他想干什么。

“黎浅洛！”他突然连名带姓地叫出她的名字，声音依然是那么的好听。

她沉默，车厢内很安静，黎浅洛看着外面的人来人往和华灯初上。

男人缓缓靠近她，捏住她的下巴，强迫她和自己对视。

“我居然让一个伤害我未婚妻的歹毒女人在外逍遥四年，你说，我是不是对她太好了？”

他的脸上面无表情，她不屑地嗤笑道：“斯总，所以，你是来A国为你女朋友报仇的吗？”她的心好疼，原来他这么快出现在A国，是为了给他未婚妻报仇！呵呵，她除了嘲笑自己，还能说什么？

斯靳恒看着女人脸上的不屑，双手用力地捧住她的脸蛋，女人的脸颊瞬间被挤得变形，她这个样子斯靳恒居然感觉有一丝好笑。

黎浅洛用力拍了一下他的大掌，男人不为所动，接着把手上的力气转移到她的肩上，紧紧地将她拥进怀中。

车内很安静，外面的喧哗和他们没有一点关系。

他只想一直这样抱着她，看着她。

许久之后，黎浅洛狠狠地在他胳膊上咬了一口。趁着男人分神，她快速打开车门逃了下去。

稳定了一下自己的呼吸，黎浅洛将目光放回车窗上，隔着贴着防晒膜的车窗，她都能感受到里面那道冰冷的视线。

她连忙往公司的方向走去，步伐匆匆地离开那个男人所在的范围之内。

允起看着一闪而过的黎总经理，这个时候手机响了起来，是总裁！他立刻挂了电话，小跑回到车内。

看着手中刚买来的东西，允起觉得还是把它藏起来比较好。

“买了什么？”男人慵懒的声音，从后面传了过来。

允起握着手中的东西，吞吞吐吐地答：“没，没什么……”

“拿过来看看！”

允起哭丧着脸把自己买的东西，递给了后座的男人，这次连头都不敢回。

斯靳恒看着手中的两个盒子，双眸幽深，刚才说不定还真用得上了！

随手扔在后座上，不带丝毫感情地说：“走。”

车子加上油门，缓缓驶离原地。

总裁居然没有发怒！允起感到很意外。果然，有了黎浅洛，总裁才会变成正常人。

黎浅洛急匆匆回到家中，把软绵绵的暖暖抱在怀里，她才感觉安心不少。

“妈妈，宝贝好想你哦！”黎暖暖紧紧搂着黎浅洛的脖子，开始撒娇。

“妈妈也好想你，走，跟妈咪一起睡觉！”黎浅洛抱着女儿到了自己的房间，无意间发现黎优寒走进书房，她连忙跟了上去。

之前大哥和自己的闺蜜郁晚晚交往过，而晚晚现在还一往情深地等着他，黎浅洛觉得这事不能再拖了。

“大哥！”黎浅洛过去推开房门。

“浅洛，暖暖，来让舅舅抱抱！”黎优寒接过黎浅洛怀中的暖暖，看着小女孩的眼神尽是宠溺。

黎浅洛开门见山地说道：“大哥，你要对我闺蜜负责！”

之前说了好几次，大哥都是敷衍了事。

黎优寒看着妹妹倔强的小脸，想起了几年前的那个晚上，沉思了一会儿："好，你说什么就是什么。"

在他看来自己和谁结婚对他来说都一样，如果是郁晚晚，那也好。

"那你最近抽出一天时间，去帝城提亲。"晚晚可以做自己的大嫂了，简直不要太开心！

"行，我看看行程，到时候告诉你。"

"妈妈，什么是提亲啊！"抱着洋娃娃的暖暖，好奇地看着说事情的两个大人。

"长大你就知道啦，走，咱们回房间，不打扰舅舅了！"黎浅洛带着暖暖离开了书房，黎优寒看着窗外，沉思了许久。

SL集团最近几天，整个公司因为斯靳恒的上任大整顿，所有人都忙得焦头烂额。

黎浅洛也是如此，身穿一套黑色职业装坐在电脑面前，给朱桢打电话："来我办公室一趟。"

几分钟后，"黎总！"朱桢敲了敲敞开的办公室门。

"嗯，你去把这个文件数据送到副总裁办公室，这份送到总裁办公室，谢谢！"黎浅洛从堆满文件的办公桌上拿出几份文件夹递给朱桢。

没过多久，朱桢就回来了。"黎总，总裁说您的数据有问题，让您过去一趟。"

黎浅洛想了一下自己给斯靳恒的文件，怎么会错呢？她审核了三遍才交上去的。

"我知道了，我过去看看，你先去忙吧！"

整理了一下自己的着装，黎浅洛带着数据参考资料去了总裁办公室。

允起看到黎浅洛，还是那一句话："总裁说您来了直接进去。"

黎浅洛点点头，不过她现在和里面的那个人只有上司和下属的关系，还是避嫌吧！她敲了敲办公室的门，得到里面的允许，才推开门走了进去。

她远远地站在门口问办公桌前面认真工作的男人："斯总，请问数据有什么问题？"

"把门关上，公司机密。"他头也不抬地继续看文件，黎浅洛明知有猫腻，但又没有理由拒绝，只得回头关上门。

门外因为有允起在，几个秘书想讨论点八卦都不敢开口。

"斯总？"黎浅洛关上门以后，男人半天不吭声，一直看文件。

"先坐，等一下！"快速把手中的文件阅过以后，唰唰唰写上几个字来表达自己的意见，就把文件放在了一边。

斯靳恒这才站起身来，来到黎浅洛的身边坐下，说道："财务数据又检查了一遍，刚才是我看错了，没问题！"

距离很近，黎浅洛连忙往旁边挪了挪，刻意拉开两个人之间的距离。

她的小动作让斯靳恒微微皱眉。

这不是在耍她吗？"既然没问题，如果总裁没事我就先回去工作了。"

只是，黎浅洛刚从沙发站起来，却被男人拉住手腕。

"有事。"斯靳恒示意她先坐下来。

黎浅洛抱着资料，直接跑到对面的沙发上坐下。

斯靳恒也不阻拦。"今天晚上合作公司有个庆祝晚会，你陪我参加，做我的女伴！"他把话说得很清楚。

"抱歉！晚上有事！"黎浅洛直接微笑拒绝。

男人的眼神冷了三分，"理由。"

黎浅洛咬紧下唇，毫不客气地说道："斯靳恒，是不是我现在有了黎家千金的身份，你带出去有面子了？"她讽刺一笑，接着说，"怎么不让你的女人来？人家可是巨星呢！对不起，本小姐没有时间，恕不奉陪！"

第二十八章　今天还就强迫你了

说完，她站起身来就往门口走去。

“站住！”

“斯总您没有强迫下属的权利！”她头也不回，只是冷冷地开口。

男人来到她的面前，身上散发着危险的气息，黑色幽深的双眸紧紧地盯着她，像是盯着一只猎物。

“我是没有强迫下属的权利，但是我，今天还就强迫你了！”

“我说不去就不去！”

斯靳恒一把拉住她，将她控制在怀里，凶狠地开口说道：“你这个歹毒的女人，没有资格拒绝我！”

黎浅洛真的是气急了，开口就是冷嘲热讽。“是啊，你们都是高高在上的好人，你未婚妻就是朵白莲花，特别纯洁！你跟我一个歹毒的女人有什么好牵扯的！”我歹毒？自己的孩子被那个女人害死都不知道，还和她订了婚，“蠢货！”她忍不住骂了出来。

男人闻言脸色铁青，想他权势只手遮天，别人见了他哪个不都是恭恭敬敬，客客气气的？而她，一而再再而三地忤逆他！

还敢说他蠢货？真是活腻了！“你再说一遍！”

“说就说，以为我不敢吗？我可是害你未婚妻的凶手，你这样和一个凶手抱在一起，你未婚妻看到合适吗？”她不屑地看了一眼搂着自己的男人，干脆放弃了挣扎和反抗。

“惹怒我你可没什么好结果！”他危险地警告她，大掌捏上她的下巴，拇指来回地摩擦着。

“那么，”她甩掉他的大掌，退出他的怀抱，微笑而又恭敬地说道，“以后在公司，请斯总自重！”

自重?

“今天晚上确定不去是吧？”

“对！”她回答得很干脆，继续微笑着与他直视。

很好!

“公司黎总经理不服从领导管理，今天晚上开始带着公司所有人加班！连续一个星期！”

看上去冷峻无表情的俊容，说出来的话更是冰冷残酷。

黎浅洛在心底狠狠骂了一句，带着公司所有人加班一个星期？那她还不成靶子，被所有人幽怨的眼神射击得体无完肤?

行！算了，小女子能屈能伸。

“不用了，我去！”

不就是一个宴会吗？还怕他吃了她不成?

“那黎总经理请离开，记得下午六点准时出现在我的办公室！”斯靳恒满意地回到电脑面前开始工作。

整理了一下自己的衣着妆容，用力地踩着高跟鞋来表达她的生气，噔噔蹬出了总裁办公室。

秘书们一脸疑惑地看着高跟鞋踩得巨响的黎浅洛，这黎总经理每次从总裁办公室出来似乎都不太正常……

五点五十五分，给家里打电话报备以后，黎浅洛出了总经理办公室，五点五十九分准时出现在总裁办公室。

斯靳恒已经在等她了，看到她进来，简单地整理了一下文件，就带着她往门口走去。

黎浅洛在背后冲他撇了撇嘴，跟了上去。

公司停车场，允起已经在车上等着。

“先带你去做个造型。”斯靳恒简单地说了一句，也不管她会不会回应，慵懒地靠在后面闭目养神。

黎浅洛没有理他，拿出手机开始玩，这个时候电话忽然响了，是黎优芜。

“姐，暖暖一直吵着要给你打电话。”黎优芜无奈地看着面前嘟着嘴巴的暖暖，这可是个谁都惹不起的小祖宗，他连忙给黎浅洛打了电话。

“让她接电话。”女人不着痕迹地往车窗边挪了挪。

她刚动一下，身边的男人就开始警惕，接谁的电话这么心虚？

“妈妈，你在哪里呢？”暖暖稚嫩的语气从电话那边传过来，黎浅洛心都提起来了。

“我今天晚上要参加一个酒会呢，所以啊，会晚点回去！”她温柔地回应，连开车的允起都从后车镜里看了一眼接电话的女人。

“妈妈，老师说后天让爸爸妈妈来学校和宝贝一起做手工呢！”她好期待啊，可是她从来没有见过自己的爸爸，也不敢问妈妈，爸爸去哪了。

“这样啊？”暖暖刚去幼儿园，第一次碰见这种情况的黎浅洛为难了，她去哪给她找个爸爸啊！虽然说亲生的就在旁边，但是她也没那个胆拉着他去啊。

“没事，到时候和舅舅一起去。”这是没有办法的办法！

“好吧，妈妈，暖暖能不能问你一个问题？”

“好啊！”

暖暖鼓起勇气，问黎浅洛：“妈妈，暖暖的爸爸去哪了？”

“暖暖，这个事情回家再告诉你好不好？我现在有点事情，嗯？”轻轻柔柔的声音飘进男人的耳朵里，斯靳恒睁开眼睛紧紧地盯着黎浅洛。

为什么会给一个孩子打电话？哪来的孩子？谁家的孩子？

暖暖还是失望地挂上了电话，把手机扔给舅舅，扭头就走。

“暖暖，等等我！”黎优芜连忙追上去，去哄小外甥女。

有些事情，他大概知道，但是还是让姐自己告诉孩子的好。

“谁家的孩子？”斯靳恒犀利的问题让黎浅洛打了个冷战。

“呃，那个，我干女儿啊！”把手机放进包包里看向窗外，不敢直视男人的眼睛。

“干女儿？”斯靳恒貌似有点不信，“和你一起住？”

“对啊！她妈妈去出差了，在我那住几天。”听上去没毛病。

斯靳恒也没再问，黎浅洛暗自松了口气。

她现在满脑子只有一个问题，怎么给暖暖解释爸爸的事情呢？出国了？去世了？还是失踪了？

还是不要说去世了，暖暖会伤心的。只能暂时以出国为借口来搪塞过去了，以后的事情以后再说吧……

今天晚上的宴会很隆重，黎浅洛挽着斯靳恒出现的那一刻，注定成为全场的焦点。

男才女貌，成了众人羡慕的对象。

酒会上黎浅洛一直被斯靳恒领着各种应酬，在他身边寸步不离。她脸上的笑容都僵了，也没有找到提前离场的机会。

忽然间，黎浅洛用余光瞄到一个熟悉的身影，仔细一看居然是陆梓熙！

第二十九章　真的是你

她附到正和别的公司总裁寒暄的斯靳恒耳边轻声说道："我先出去一下。"

斯靳恒看了她一眼，这才不情愿地松开了她，"人多，快去快回。"

"知道了。"

陆梓熙穿着正式的西装，端着红酒杯，坐在一个无人的角落里。

黎浅洛永远都是那么闪亮，他怎么可能没看到她？只是，他看到和她在一起的那个男人，他还是望而却步了。

"陆梓熙！"背后一个熟悉的声音响起，陆梓熙当然知道这个声音是谁的！

"浅洛！"他扬起大大的笑脸，忍住上去给她一个拥抱的冲动，四年不见，她比以前更加明媚动人。

"陆梓熙，真的是你！"黎浅洛看到多年未见的好友兴奋得不得了，立刻给他一个大大的拥抱。

陆梓熙的身体微僵，到底还是轻轻地搂上她。

只是半秒钟，黎浅洛就从他的怀抱里退了出来。陆梓熙看着空荡荡的怀抱，浓浓的失落感向他袭来。

女人浅笑着好奇地问他："你怎么也在这里？"

"我……怎么给你说呢？今天晚上的酒会就是我爸爸举办的，而我已经接任他的位置两年了。"陆梓熙其实是A国商业大腕陆震的私生子，陆震几年前就逼着陆梓熙回A国来接替公司。

"你是陆老的儿子？我在A国都四年了，怎么从来都没见过你！"黎浅洛好奇极了，不应该啊，她在商界都混了三年，按说偶尔也该碰到的啊！

陆梓熙喝了一口杯中的红酒，扬起一抹自嘲的微笑说："我不但是私生子，还是个傀儡！”

所以，每天只要安安静静地坐在总裁办公室就行。彻头彻尾一个被陆震操纵的傀儡，他只是坐在这个位置上，所有的事情都是陆震说了算。

“啊？”黎浅洛难过地看了他一眼，说，“我在SL集团，三年了，一切还好。”她坐在他的旁边，两个人背对着酒会场地。

“嗯，你……和他又在一起了？”陆梓熙小心翼翼地看着她的表情，黎浅洛小脸上布满郁闷，摇了摇头。

他松了口气，然后和她碰了杯酒。

开心地聊了一会儿后，两个人重新交换了联系方式。

十五分钟后，斯靳恒就找了过来，看着一男一女的背影，眼神中迸发出冷光！

陆梓熙感觉到犀利的眼神，不用回头看，连忙告诉黎浅洛：“你前夫来了，我撤了！”

“诶……”黎浅洛无语地看着陆梓熙跑去宴会大厅的另一个角落，然后斯靳恒就来到了她身边。

从宴会场地出来的时候，允起已经不知去向，斯靳恒开车带着黎浅洛往黎家方向驶去。

黎浅洛低头玩手机，两个人一路沉默地到了黎家别墅庄园外。

“谢谢，斯总，我先走了。”黎浅洛看到到家了，虽然有点好奇他怎么知道自己在这里住，但是想了想，以他的手段，想查到她的住址，还是赫赫有名的黎家，那是小意思。

斯靳恒拉住要下车的女人，女人回头疑惑地看着他。

“明天早上我来接你！”

这个时候黎浅洛才想起，自己的车停在公司。

“不用了，我能去公司。”她拒绝得果断。

斯靳恒脸色变了变，二话不说将她拥在自己的怀里，低下头封住她的红唇。

豪车里的这一幕，刚好落在从对面驶过来的军车内男人的眼中。

黎优寒仔细地看了看，车内就是自己的妹妹，而那个男人，好像是……斯靳恒？

那个商界的传奇人物，妹妹怎么会和他在一起？

脑海中飘过暖暖的小身影，这才发现他们俩居然长得很相似，难道……

黎浅洛想挣脱男人的怀抱，感受到她的拒绝，斯靳恒只得先放开她，在她耳边低喃："明天早上来接你，敢拒绝我，你就死定了！"

几年不见，还是这么的霸道。

又是她妥协，四年了，黎浅洛你什么时候能长长智商，不要被他吃得死死的！

男人又亲了她一下，才满意地放她下去。

女人下车后，斯靳恒看到对面一辆车内的男人直直地看着自己。他没有感觉一点不好意思，还很礼貌地对着黎优寒点了点头，然后发动车子驶离。

黎浅洛看着大哥的车就停在对面，一阵尴尬，刚才大哥一定什么都看到了吧！

黎优寒示意黎浅洛上车，黎浅洛坐进副驾驶，犹豫着开口解释："哥，我……"

"他是暖暖的爸爸。"语气不带丝毫的疑问。

黎优寒手里熟练地掌控着方向盘，把车开到别墅车库。

大哥居然猜到了？难道是暖暖跟斯靳恒长得很像吗？不对啊，暖暖长得像自己更多啊！

"是，大哥先不要告诉他！"他们两个的事情还没有解决，免得那个男人为了报复她，把暖暖从她身边抢走。

黎优寒点了点头，将车子熄火，兄妹俩进了别墅。

其实，黎浅洛实在是搞不懂斯靳恒的心思，如果说他恨她，为什么还要跑到A国来招惹她？

而且还不止一次，是很多次……

黎浅洛将车子停在风暴夜总会门口，踩着七厘米高的黑色高跟鞋很不情愿地踏进了风暴。

听说，今天晚上斯靳恒和几个老总也在这里聚会。

刚陪着暖暖散完步的黎浅洛还在琢磨着要不要去，设计部的同事就打电话过来说在风暴有聚会想邀请她一起参加。

这次她就没有了拒绝的理由，立刻换上一套衣服，化了烟熏妆后抵达了风暴。

当烟熏妆的黎浅洛穿着一件长款黑色外套很拉风地出现在包间内时，整个设计部的人全都沸腾了起来。

“黎总，你简直太给我们设计部面子了，为了我们还特意装扮得如此惊艳！”

“是啊，黎总，你平时可是不化浓妆的。”

“黎总，你来得最晚，罚酒三杯！”

老员工们都知道，黎浅洛之前人缘很好。一直到现在，设计部有活动，基本上都会叫着黎浅洛。

因为不是在公司，设计部的“小鲜肉”们开始起哄着让黎浅洛罚酒三杯。

黎浅洛也没扫大家的兴致，一个男同事给她倒了杯啤酒，她先是抿了一小口，然后利落地一口气全部下肚。

“噢噢噢，黎总，你太帅了！”

黎浅洛浅笑道：“没，来晚了就该自罚，不好意思啊各位。”

部门经理段哲站了起来，压住沸腾的气氛开了口：“咱们黎总平时很忙，来晚了也正常，咱们就让黎总喝两杯意思一下，不要非喝三杯！”

大家都随声附和道：“对对，黎总，你就喝两杯吧！”

“对啊！”

黎浅洛开心地看着在场的三十多个同事们说：“谢谢各位，我喝完这一杯，大家尽情玩，今天晚上我请客，自掏腰包！”

“噢噢噢！”整个包间又开始沸腾起来，到处都是恭维黎浅洛的声音。

“黎总，我们的女神，我们太爱你了！”

“是啊，黎总，来快坐，吃点东西！”

黎浅洛在两个女同事中间坐下，听着两个大男孩在中间对唱情歌，惹得大家哈哈大笑。

一首情歌结束，上台的是设计部的实习生卢时骏，“小鲜肉”的代表。

白皙的肌肤，浓浓的剑眉，时下流行的单眼皮，还有纯天然紫红色的薄唇，是公司许多女孩子追逐的对象呢!

他点了一曲男女对唱的《因为爱情》，然后拿着话筒看着下面的黎浅洛说：“黎总，能和你合唱一首歌吗？”

第三十章　帮我个忙

卢时骏深情邀请的声音，引得旁边的人都开始起哄，很多人还吹着口哨。

一个同事推了推黎浅洛说："黎总，上台把卢时骏的歌声给比下去！"

黎浅洛其实不想唱的，但是又不想扫兴，就爽快地站了起来。

又是一拨尖叫声和起哄声，黎浅洛揉了揉自己的耳朵，接过卢时骏的话筒。

"给你一张过去的CD，听听那时我们的爱情……"

卢时骏嗓音低沉好听，唯一美中不足的就是带着一丝稚嫩。

黎浅洛清了清嗓子，轻轻开口："再也唱不出那样的歌曲，听到都会红着脸躲避……"

声音柔美，唱功扎实，非常好听。

门外路过333包间的斯靳恒听到这个女声，脚步顿了一下，他怎么有种黎浅洛在唱歌的感觉？

应该是听错了，想到这里，他大步走进不远处的366包间。

366包间也是歌声一片，斯靳恒的身边坐着创达集团女总裁林荫。

这个时候，林荫因为喝了几杯白酒的原因，脸色都开始红了，头也有点沉。

看到从卫生间回来的男人，她胆大地把脑袋微微靠在他的肩上。

斯靳恒眼底划过一抹嫌恶，但到底也没有当着这么多人的面推开肩上的女人。

大概半个小时后，几个人聊的工作上的事情算是告一段落。

原本正在假寐的林荫，忽然开口将话题转移到了他的私人问题上。"斯总，你未婚妻在帝城不过来吗？"

林荫作为一个三十多岁的女强人，其实心里也很希望自己的老公能像斯靳恒这般有男人的魄力和霸气。但是，她老公就像扶不上墙的烂泥，永远只会靠着她，让她很累很疲惫。

浓妆遮住岁月带来的痕迹，才勉强看上去像不到三十岁的女人。

提起莫雅薇，斯靳恒的心沉了沉，嘴角勾起一抹邪魅的微笑，蓦然靠近林荫，口气轻佻地吐出一个字：“不。”

林荫闻着男人身上散发出的好闻气息，她的心狂跳着，脸红得更厉害。

双手大胆挽上斯靳恒的臂弯，娇媚地在他耳边吐气。“斯总，你一个人怎么可以呢！”

她话中有话，男人岂能听不出来?

也许是好久没有如此放松过，斯靳恒来了兴趣，挑逗地问：“那你看怎么办？”

与其说他来了兴趣，不如说想找个合适的理由离开这里。

林荫另外一只胳膊揽上男人的脖颈，暧昧地开口：“要不我们找个地方聊聊？”

斯靳恒看了一下时间，已经快九点，该走了，男人率先起身说：“各位，林总喝多了，我先送她回去，你们好好玩！”

林荫紧紧贴在男人的身上，其他几个老总瞬间就明白了，纷纷坏笑着看着他们。

“斯总一定要把林总送到家里哦！”

林荫笑笑没说话，不顾身后传来的不怀好意的偷笑，跟着斯靳恒离开。

两个人一出包间，隐藏在角落里的允起连忙关掉跟黎浅洛发信息的对话框，第一时间迎了上来。

一首歌曲结束，黎浅洛出来透透气，没想到卢时骏也跟了出来。两个人正在聊天的时候，她收到了允起的微信。

黎浅洛沉思片刻，看了一眼旁边的卢时骏说：“帮我个忙！”

在卢时骏还没有反应过来的情况下，黎浅洛忽然挽上他的胳膊。

卢时骏着实被她的举动给吓到了，他的胳膊居然被女神挽住了！

看来他今天晚上的努力没有白费……他早就暗恋他们这个总经理了，只是两个人距离差得太远，他以为自己没有一点机会。

黎浅洛低声在他耳边警告：“别给我搞砸了，配合好我！”

他们这个样子，远远看去就像是两个人在亲密地咬耳朵。

和林荫相携而出的男人一眼就看到了那个与众不同的女人，此刻正亲密地挽着一个“小鲜肉”。

他的眼神瞬间冷了几分，吓得林荫脸色一僵，快速回想自己是不是说了惹他不开心的话题。

脸上挂着明媚微笑的黎浅洛挽着卢时骏直接往服务台走去。

当和斯靳恒面对面的那一刻，黎浅洛假装无意间看到了他们，招呼道：“呀，斯总，好巧！”

只是，看到他身边的女人，黎浅洛真想上去扒掉她一层皮！

斯靳恒这一刻确定刚才听到的歌声就是来自她，故作巧遇？男人不动声色地点头，淡淡地问了一句：“好巧，黎总来娱乐？”

黎浅洛故意贴近了卢时骏的手臂，故作亲昵地看了他一眼，说道：“是呀，我们一起来的，正打算开房间呢。”这么一句话把卢时骏吓到瞪大眼睛，震惊地看着身旁依然浅笑的女人。

这个家伙怎么这么不给力？黎浅洛不着痕迹地捏了一把他的胳膊。

经过她的提醒，卢时骏这才颤抖着双唇跟斯靳恒打招呼：“斯……斯总好！”

斯靳恒眯着眼睛，望着笑得一脸妩媚的女人，眼底浮现出怒火。

他从钱包里拿出一张卡，在黎浅洛面前一晃：“那可真是太巧了，我跟林总也正准备找间客房休息一下！”

林荫听到这句话心里像吃了蜜一般，她这是要钓到这条大鱼了吗？

而他们身后极力隐藏自己的允起，正茫然地看着这一幕。

黎浅洛笑容更加灿烂，硬是在暗中用力拖着双腿发软的卢时骏一起去前台拿房卡。

两对情侣一前一后地走进了两个电梯，黎浅洛看着不断哀求着自己的卢时骏，白了他一眼说：“你能不能争气一点！别拖我后腿！”

刚才还真的差点露馅！

卢时骏双手合十，诚恳地说道：“黎总，那可是总裁啊！你再给我十个胆，我也不敢得罪总裁！您就行行好，放过我吧！嗯？”

黎浅洛学着他的动作，双手合十,一脸虔诚地看着他说：“最后一步了，陪我演完了我就请你吃大餐！不！你说吧！想要什么我统统给你。”她豪爽地做出承诺。

卢时骏看着眼前美艳动人的女人，在这之前他想要的是她！但是从现在开始，他什么都不想要，只想要命！

卢时骏眼睁睁地看着电梯抵达32楼总统套房楼层，双腿又是一软，差点就跪了。

电梯门打开，黎浅洛一把将卢时骏从电梯内拉了出来。借用错位营造了一个和他正在亲昵的假象，演给从另一部电梯走出来的斯靳恒和林荫看。

“斯总，我们快走吧！你看那两个人都等不及了呢！”林荫嗓音越发的娇媚，狠狠地拽着双手紧握成拳的男人往他们的房间走去。

这边斯靳恒前脚刚踏入房间，脸色立刻拉了下来，瞬间恢复了以往的万年冰山脸。

吓得林荫连忙后退几步，斯总刚才不还是好好的，这怎么又不高兴了？

斯靳恒拿出口袋里的手机，拨通允起的电话：“把林总送回家。”

听到男人的吩咐，林荫脑袋里顿时嗡的一声响，她……好像被利用了！

第三十一章　打断别人好事

黎浅洛这边房间的门刚关上，满额头冷汗的卢时骏要不是黎浅洛扶着，早就跪在地上了。

“黎总，我可是为了帮你才这样的，如果斯总到时候要追究责任，你可得保住我的饭碗！”大男孩坐直了身体，认真而又严肃地看着她。

黎浅洛蔫蔫地甩了甩胳膊说：“放心好了！”

紧接着房间的门铃响起，黎浅洛蹑手蹑脚地跑过去，从猫眼里一看，居然是斯靳恒！

她看着卢时骏贼笑了一下，果断地把外套脱了扔在地上，然后又给衣衫整齐的卢时骏解开两颗衬衣口子。一只胳膊拦住卢时骏的腰把他往怀里一带！卢时骏就再也不敢动了。

她……她……黎……卢时骏脑袋一片空白！

黎浅洛一边用另一只手打开房门，一边故意发嗲地问：“谁啊，打断别人好事！”

门刚被打开，斯靳恒就冷着脸走了进来，看着门口亲密抱在一起的两个人，眼中的怒火仿佛即将爆发的火山。

斯靳恒阴沉着脸，揪着卢时骏的衣领，直接把他扔出门外。

“啪！”房门毫不留情地被关上。

外面卢时骏立刻像是被刑满释放，小跑着逃离了事发现场。

斯靳恒已经被妒忌和怒火冲昏了头脑，他一把将女人带进自己的怀里，黎浅洛猝不及防地撞在他结实的胸膛上。

脚下的高跟鞋一歪，整个人彻彻底底趴在了他的怀里。

男人紧紧捏住女人小巧的下巴，半强迫地让她抬起头看着自己，“就这么着急？嗯？”

黎浅洛让自己站稳身体，冷漠地回应：“和你有关吗？斯总？”拍掉他的大掌，似要去开门。

斯靳恒铁青着脸将她拉回来，这次直接把她抵在门上。

双手撑在她脑袋的两侧，把她控制在自己和房门中间：“和小白脸接吻的味道如何？”想起刚才在走廊的一幕，斯靳恒就想掐死这个女人。

小白脸？卢时骏听到了肯定想去跳楼吧！

忽然，黎浅洛笑了，她笑的是斯靳恒反应挺大的！

而斯靳恒却以为她在回味！顿时怒不可遏，低下头重重封住她的红唇。

他不允许任何一个男人，碰这个女人。

黎浅洛一把推开了他，不顾男人的脸色，她继续说道：“我和你没有任何关系，你更不是我的谁！请你现在滚出去！”

说着，她就要转身打开房间的门，想把他给轰出去。

让他滚出去？“滚出去”这三个字，从小到大，也就只有这个女人一而再再而三地对他说过！

看来，她的胆子很不小嘛！

一只手关上她已经开了条缝隙的房门，然后拉住她的手腕大步往内室走去。

“斯靳恒你这个混蛋！放开我！”她双手一起用力，想挣脱出他的控制。

斯靳恒怎么可能会松开？今天逮着这个机会，他一定要好好地教训她！他把她甩到大床上，眯着眼睛看着挣扎着站起来的女人，眼中开始散发危险的气息……

凌晨两点多。一个女人披散着长发，抱着外套踉踉跄跄地从风暴跑了出来。

她颤抖着双手从包里翻出车钥匙，连忙坐上主驾驶。

发动油门，往家的方向驶去。

直到和风暴距离三四公里远，黎浅洛才敢把车停在路边熄火。

她疲惫地趴在车子方向盘上，心中早就把斯靳恒当作禽兽骂了上千遍。

回想刚才的一幕，她是怎么出房间门的？趁着男人去浴室的空隙，她连忙咬着牙穿上衣服，偷跑了出来。

正想着，手机就响了起来。

黑夜中的她听到手机铃声，身体颤抖了一下，本来就发白的嘴唇开始颤抖。

肯定是他！绝对是他！

慌乱地翻出自己的手机，来电显示果然是她保存的“斯斯斯”三个大字！

黎浅洛一瞬间有点无助，这个电话她接不接？

在手机响了好几遍之后，她还是滑下了接听键。

“在哪？”手机那头立刻传来男人冰冷的质问。

斯靳恒头发还在滴着水，他看着空荡荡的房间，并不打算轻易放过她。

惹了他，在他还没完全息下怒火前就想跑？他怎么可能会如了她的意！

黎浅洛心力交瘁地靠在车座靠背上，努力地让自己声音听上去没有任何异样：“回家。”

“回来！”他直接命令。

黎浅洛拢了拢乱七八糟的长发，只得低声开口：“斯总，求放过！”

寂静的黑夜，女人轻轻地求饶果然让他内心一软，声音也跟着柔了三分。“我送你回去！”

女人瞬间如释重负，看了一眼马路两旁昏暗的路灯，还有许久才过去一辆车，她还是拒绝了。“不用了斯总，你早点休息。”

然后直接挂掉电话，在她准备发动车子的时候，手机短信的提示声响了两下。“到家给我发信息，今天晚上我收不到信息，你就死定了！”

她嘴角扬起一抹微笑，甜蜜？无奈？还是……她自己都说不清，发动油门往家的方向缓缓驶去。

凌晨三点，正在抽着烟的斯靳恒，手机响起一条信息提示，他立刻打开手机。

看到内容，嘴角勾起一抹满意的微笑。

“斯总，本宫已到，早安！”

他快速地打了两个字，发送过去，把手机扔在床头柜上，掐灭烟头准备休息。

“睡觉。”

黎浅洛看着他回的信息，脸上浮现出傻笑，然后关掉手机爬进被窝。

SL集团总裁办公室内,黎浅洛正常汇报完工作，清了清嗓子，告诉正在看文件的男人，跟他谈点私事。“昨天晚上被你伤到了，你要补偿我！”

斯靳恒放下手中重要的合同起身，双手抄进裤子口袋，不紧不慢地绕过办公桌来到她面前。

男人微微弯腰，在她耳边吐气，“想让我怎么补偿你？”

第三十二章　总裁让交给你的

感受到他的气息，黎浅洛立刻后退了几步，哼！这个男人可真会来事！

她两眼一瞪直截了当地回答："赔我医疗费就行，我现在需要钱！"

斯靳恒拧着眉毛看着气呼呼的小女人，感觉她有种说不出的可爱，从口袋里拿出自己的钱包。

黎浅洛逐渐瞪大了眼睛，这个钱包……如果她没记错，好像是她买的呢！

这么久了，他还在用？

她眼神复杂地看了一眼男人，彻底猜不透他了。

一张熟悉的卡出现在她眼前。

"这上面是帝城商场的利润，名字还是你的，密码也没改。"

黎浅洛看着那张陌生又熟悉的卡沉默了，心里划过一阵难过。

名字还是你的，密码也没改……斯靳恒到底什么意思？

那他有没有一丝丝怀念两个人的婚姻，怀念那段没有莫雅薇时的日子？

她红了眼圈，平静地推开男人的手，往办公室门外走去。

任凭斯靳恒这次怎么叫她，她都恍若未闻地离开了总裁办公室。

斯靳恒将卡拍在办公桌上，几年不见黎浅洛不但有自己的想法了，还敢把事情闷在心里，不说出来。

他缓缓点上一根烟，让自己冷静片刻后拨通内线。

允起很快出现。"总裁……"他刚才看到黎总脸色似乎不对，这是闹不愉快了？

一张卡推到他的面前，允起认识那张卡，总裁现在把它拿出来是什么意思？

"去给她。"男人吐了一口浓烟，在他心里这就是她的东西……

允起点了点头，表示明白。

斯靳恒又开口了："如果她不要，就说我说的，我会让她经常来问我要医疗费！"

医疗费？这个词又让允起迷茫了，不过他也没多想就去办事了。

一路走来，允起一直都在想医疗费到底是什么意思，恍惚间敲响黎浅洛办公室的门，看到她本人，允起才收回自己的思绪。

他将卡递给黎浅洛，说："总裁让交给你的。"

黎浅洛并没打算接，刚要开口拒绝，允起就把斯靳恒的原话给她重复了一遍。

然后他看着黎浅洛满脸通红，抓过他手中的卡，又羞又怒地塞进自己的口袋。

"我知道了，多谢斯总！"

她的咬牙切齿，允起很形象地描述给了斯靳恒。

斯靳恒脑海里浮现出女人咬牙切齿的模样，毫不吝啬地勾起了唇角。

允起这才松口气，回到了自己的工作岗位上。

晚上黎浅洛准时下班，打算回家好好陪陪女儿。

坐到车上她无意间摸到口袋里那张卡，又想到斯靳恒的威胁。

好吧！他钱多，那她也不嫌钱多，开着车去了商场。

先给暖暖添置了不少东西，然后路过男士用品区的时候，她停下了脚步。

反正是他的钱，她花着不心疼，就顺便给斯靳恒买了个剃须刀，还有一个男士水杯。

提着大兜小兜回别墅的时候，只有爷爷、暖暖和用人。

"浅洛，发工资了？"黎琅年好奇地看着当着搬运工的孙女。

黎浅洛嘿嘿笑了笑。

黎琅年深信不疑，接过孙女给自己买的紫砂壶，爱不释手。他平时比较喜欢喝普洱茶，而泡普洱茶用紫砂壶最好。

他自己也收藏了十几把紫砂壶，每把都养得发光发亮。

黎浅洛看着笑眯眯的爷爷，在心里默默地说了一句，其实这是你前孙女婿给你买的！

“妈妈，有我的礼物吗？”黎暖暖放下手中的娃娃，翻着手提袋。

黎浅洛露出一个微笑，拿你爹的钱来就是养你用的，怎么可能没你的？

“有啊，妈妈给你买了漂亮的小裙子，还有玩具娃娃哦！”她拿出几个颜色不同的小裙子，在她面前晃了晃。

本来想着只买两件的，但是一看小女孩的衣服太漂亮，没忍住就多买了几件。

黎暖暖立刻嚷嚷着要换上试试，黎浅洛跟把玩着紫砂壶的黎琅年打了声招呼，就抱着她上楼了。

给她换上一个粉紫色的连体小裙子，黎暖暖看着镜子中的自己，高兴极了。“妈妈，我好漂亮啊！我怎么这么漂亮！”

黎浅洛无语地听着女儿自恋，怎么这么小就知道了自夸？

不过，有些话她还是决定给暖暖说的，她半蹲下来身子和小可爱说：“暖暖，这些衣服是你爸爸给你买的。”

暖暖果然很惊喜，一把搂住黎浅洛的脖子开始问道：“妈妈，爸爸什么时候回来？”爸爸给她买的衣服，她好高兴！

黎浅洛最怕她问的就是这个问题，不过也提前想好了理由。“这个还得等一段时间，你看，爸爸给我们挣了好多钱，对不对？”

她抱着暖暖开始哄着她，但是具体等多长时间，她也不知道。

晚餐时分，正在吃饭的黎暖暖忽然像献宝一般向黎贺翔夫妇炫耀：“外公外婆，爸爸给我买了好多衣服哦！”

黎贺翔夫妇吃饭的动作顿住，两个人疑惑的目光落在黎浅洛身上。

黎浅洛也没想到女儿就这样把这件事情说了出来，她不得不承认：“算是吧！”

她模棱两可的回答让长辈们有些不悦，黎琅年先问道：“他知道不知道暖暖的存在？”

黎浅洛看着乖巧的女儿，摇了摇头。“我没告诉他，现在也不想告诉他。”她怕告诉他以后，暖暖就被他掠夺走了。

黎贺翔夫妇互相看了一眼，没有说话，继续吃饭。

吃完饭，龚安琪就跟着黎浅洛进了暖暖的房间。她看着进来的龚安琪，黎浅洛暗叫糟糕，接下来绝对是一通审问！

她把给暖暖新买的玩具拆开放在她的床上，然后龚安琪很随意地提了一句：“目前什么情况？”

黎浅洛暗叹一口气，也没打算隐瞒。“也没什么情况，就是好几年不见……刚见着面。”

看了一眼表情平静的女儿，她问得更直接：“会复婚吗？”

第三十三章　我想一切顺其自然

黎浅洛脑海里划过斯靳恒的身影，犹豫着说：“想。”如果不想，她当初根本就不会选择去SL集团分公司。

龚安琪沉默了，其实如果两个人复婚，对她们母女俩来说是最好的结果……

“他在A国吗？做什么？改天带来见见。”和所有父母一样，龚安琪开始追根问底。

“A国有他的公司，以后再见吧！”

她才不敢全盘托出，怕爸妈杀到公司去找斯靳恒，有所保留地说了一点。

龚安琪掀起眼皮看女儿一眼，没有忽略她的心虚。

心知肚明黎浅洛隐瞒了她什么。

不过女儿也是成年人了，她也不用说太多。“自己拿主意，不能拿主意的再来问我！”

“好，妈，我想一切顺其自然。”这次如果能顺利和斯靳恒在一起，就果断在一起，如果不能在一起，就彻底分开！

“嗯，无论你做什么，妈妈都支持你！”

“谢谢妈！”

晚上黎暖暖非要跟黎浅洛睡在一起，黎浅洛没有拒绝，知道她想做什么。

果然！黎暖暖问了很多关于爸爸的问题。

她一一按照斯靳恒的形象回答了她的问题。

第一次谈及爸爸，黎暖暖比平时晚睡了将近四十分钟。

夜越来越深，黎浅洛抱着沉睡的女儿，思索着自己怎么才能把莫雅薇这个最大障碍给解决掉。

今天是星期一，也是五一，黎浅洛并没有放假，照常去了公司上班。

黎家别墅所有人这会儿都不在客厅，只有黎优尧陪着暖暖打游戏。

“舅舅！”穿着粉红色蓬蓬裙的暖暖眼珠子滴溜溜地转了几圈。

“嗯。”黎优尧随意应了声。

暖暖看了看周围，确定只有她和舅舅，于是站到沙发上，趴在他耳边轻轻地嘀咕了两句。

黎优尧瞪大了眼睛看着古灵精怪的暖暖，问道：“Are you sure？(你确定)”

暖暖很肯定地点了点头说：“不过，要向所有的人保密。”

黎优尧开始思索暖暖说的事情有几分可行性，会不会有什么纰漏？或者会不会造成什么不可收拾的后果？

看着黎优尧思来想去，半天不作声，暖暖有点生气地嘟着嘴巴。“舅舅，你怎么这么不男人！”

……不男人？黎优尧真想一巴掌拍到她屁股上，故作生气地教育她：“谁教你这样说舅舅的！这样不礼貌。”

“我知道，我也就这样说说你，别人我都不说的！”暖暖无所谓地坐到沙发上，斜着眼看了一眼男人。

……嘿！这小人精，成精了这是！

黎优尧佯装生气说：“那我不带你去了！”

暖暖立刻站到客厅的沙发上，奶声奶气地朝楼上叫道：“姥姥，姥爷，舅舅欺负我！”

黎优尧连忙丢下手机过来捂住她的嘴巴，我的个乖乖，先不说这件事的真实性！要是敢让爸妈知道他揍她，那他会承受爸妈双人混打的！

“好好，我的小祖宗，走，舅舅带你去！”黎优尧狠狠地瞪了一眼正扬扬得意的小女孩，那样子简直跟他姐得意的时候一模一样！

黎暖暖立刻从沙发上跳下来，穿上拖鞋跑回楼上自己的房间，背上自己的Hello Kitty小背包，然后抱着索菲亚公主的洋娃娃。

黎优尧扯着嗓子往楼上打了声招呼：“爸妈，暖暖我带走了！”

黎贺翔从书房走出来，往楼下看一眼，以为黎优芜带着暖暖出去转转，也没放在心上。

车库内，黎优芜把暖暖放进儿童座椅里面，开着自己的车从车库驶了出去。

“黎暖暖，等会有事你自己承担，我只是个司机。”他先撇清关系，要是让姐知道了，他肯定会挨揍的！

黎暖暖兴奋地望着车外的风景，并没有把黎优芜说的话放在心上。

SL集团里，总裁办公楼层电梯叮地响了一声，却没人从里面下来，秘书想着可能是有人按错了，低头继续工作。

在电梯关上的最后一秒钟，一个小小的人影儿，猫着腰从电梯内悄无声息地跑了出来。

躲开认真工作的几个秘书，黎暖暖轻轻打开总裁办公室的门。

办公室内斯靳恒抬起头看着门口同样看着他的小女孩，女孩打扮得像个小公主一样，整个人都粉嫩粉嫩的。

小丫头先开了口，“请问你是斯靳恒吗？”声音萌软萌软的，可爱极了。

斯靳恒从办公桌前站了起来，柔声回答：“是的，有什么事情吗小朋友？”

他记得有一次自己在黎家庄园门口见过这个小女孩，只不过当时他没放在心上。

“我找不到我妈咪了，我能在你这里休息一下吗？”黎暖暖委屈地撇起小嘴。

斯靳恒蹲下来与她平视，问道：“你爸爸呢？”

他忽然很想抱抱她，斯靳恒也这么做了，将她软软的身体抱在怀里，一抹异样的情绪划过心头。

“我妈妈说我爸爸出国赚钱了。”叔叔长得好帅啊！

出国了？难道这个是那天在车上给黎浅洛打电话的那个孩子？

“叔叔，你结婚了吗？”她来打探打探军情，看看妈妈还有没有机会。

看到男人摇头，暖暖开心极了，想到这里，黎暖暖紧紧搂着斯靳恒的脖子。

斯靳恒以为她在害怕，眼神温柔地问她："你叫什么名字？"

"叔叔，你可以叫我暖暖哦！"叔叔好高，和大舅舅差不多。

"暖暖，真好听！"斯靳恒坐在沙发上，把她放在自己的腿上。

黎暖暖一直搂着斯靳恒不放，让他无声地笑了笑，孩子的爸爸长期在国外吗？似乎有些缺乏父爱。

过了一会儿，小女孩抬头问他："叔叔，你能不能带着我去吃冰激凌呢？"

"为什么要吃冰激凌，饿了吗？"声音总是在不知觉间放柔软，平时表情冷峻高高在上的男人，此刻眼睛里满满的都是笑意和慈爱。

"不是，幼儿园里的小朋友都是爸爸带着他们去吃冰激凌的，我的爸爸从来没带我去过。"黎暖暖好想让他带着去吃冰激凌，还要让他喂着自己吃。

暖暖这样说，斯靳恒只会认为他的爸爸真的很忙，没空陪孩子。他能理解，因为他自己很多时候都是忙到没有时间吃饭。

"好，叔叔带你去！"

当斯靳恒抱着一个小女孩从办公室走出来的时候，秘书区的所有人都失声了。

第三十四章　真的抱了一个孩子

允起揉了揉自己的眼睛，他觉得应该是自己看错了，他似乎看到斯靳恒抱了一个小孩子从办公室出来。

他问旁边的同事："小张，我刚才是不是眼花了，你有没有看见什么？"

"允特助！我们可能都看错了。"公司怎么会有小女孩呢？

对！肯定是看错了！允起放下镜框，决定让自己休息一会儿，居然会累到看花眼。

斯靳恒抱着暖暖光明正大地从电梯走出来，路过公司一楼的时候，无视众人的讶异，大步往公司外的停车场走去。

他走过的地方，议论纷纷："天啊！总裁居然抱着一个孩子！我没看错吧！"

"那个女孩好可爱，是他和莫雅薇的孩子吗？"

"总裁满脸都是慈爱，肯定是他的孩子！"

"哇，总裁和莫天后的孩子都那么大了！"

没多久，公司就传遍了总裁和莫雅薇有一个孩子的事情！

黎浅洛坐在卫生间的马桶上，面无表情地听着外面几个女同事惊讶又兴奋地议论着的事情。原来，斯靳恒和莫雅薇居然有了孩子……

她不由得冷笑，斯靳恒隐藏得可真深！和莫雅薇都有那么大孩子了，还天天和自己缠绵！他是怎么做父亲的？

看来这段上不了台面的感情，是时候该结束了。不能给孩子带来伤害，不是吗？

几个女同事看着从卫生间出来的黎浅洛，纷纷尴尬地向她打招呼，黎浅洛微笑着对她们点了点头，当作自己什么都没听到。

失落地回到办公室，黎优芜正跷着二郎腿看杂志。

“你怎么在这里？”她好奇地看着突然出现在自己办公室的弟弟。

黎优芜把早就想好的台词搬出来：“我路过，等个人马上就走。”

黎浅洛摆明了不相信，但是心情不好，也没有搭理他，低头开始工作。

公司附近的步行街上人来人往。

斯靳恒把黎暖暖放在一张收拾得很干净的桌子上，应了暖暖的要求买了三颗草莓口味，三颗香蕉味的冰激凌球。

小家伙眼巴巴看着对面的男人，小心翼翼地问道：“叔叔，你可不可以喂我吃？”

她小脸上的祈求不忍心让人拒绝，斯靳恒拿起勺子，慢慢地喂着她吃冰激凌。

两个人一边吃还一边不停地说着其他好笑事情，时不时传来暖暖的欢声笑语，让人不注意到他们都难。

斯靳恒脸上难得带着微笑，好多路人都拿起手机悄悄拍了下来。

两个人很快地吃完冰激凌球，斯靳恒还很体贴地给她擦干净嘴巴。

黎暖暖则是一脸傻笑地看着很温柔的斯靳恒，这一刻她在想，叔叔对她好好哦!

难得上班的时候出来偷个懒，斯靳恒带着暖暖又给她买了一个新版限量款玩具，暖暖开心到差点蹦起来。

一个多小时后，斯靳恒丝毫不在意他人的诧异和疑惑，又抱着暖暖光明正大回到了办公室。

这次特助区的几个人才知道自己刚才没有看错，斯靳恒真的抱了一个孩子。

那么问题来了！总裁抱的是谁的孩子？这个孩子什么时候怎么进的办公室?

暖暖玩得有点累了，刚回到办公室就趴在斯靳恒肩上不怎么说话了。

斯靳恒看着肩上肉乎乎的小可爱迷迷糊糊打瞌睡的样子，轻轻地问：“暖暖是不是困了？”

他今天已经不是第一次在想，暖暖如果是他的孩子该多好！他以后要是有这么一个可爱的女儿该多好！

暖暖胡乱点点头，斯靳恒把她放进自己休息室的大床上。

“叔叔等会儿记得给我小舅舅打电话，他也在。”刚才在外面吃冰激凌的时候，黎暖暖已经告诉了斯靳恒她和黎优芫一起过来的。

斯靳恒在她小额头上亲了一下，“知道了，睡吧！”

黎暖暖闭上了眼睛，逐渐入睡。

斯靳恒确定她已经睡着，准备离开。忽然一双小手拉住他的大掌，床上的小女孩迷迷糊糊呼唤一声：“爸爸。”

她无意间的轻咛让斯靳恒有种错觉，暖暖是在叫他。

暖暖会拉着他的手叫爸爸，看来她真的很缺乏父爱。

揉了揉她的头发，斯靳恒想起一件事情，如果当年他和黎浅洛的孩子，没有被打掉，肯定也是这么可爱……

走出休息室，斯靳恒拿起私人手机给黎浅洛拨通了电话。

黎浅洛看着响铃的手机，有些纳闷，上班期间他怎么会给自己打电话？

“让黎优芫来趟我办公室。”男人低沉的声音从那边传来。

斯靳恒怎么会知道黎优芫在她这里？压下心中的疑惑，黎浅洛点头答道：“知道了，总裁！”

挂掉电话，黎浅洛越看黎优芫越感觉不对劲。这家伙平时要是没事基本上都是在打游戏，今天怎么会无缘无故赖在这里好几个小时？“黎优芫！你已经赖在我这里时间不短了，你是要干什么？”

黎优芫眼中划过一抹心虚，但还是故作硬气地顶了回去，“在你这里待一会儿就不行了？”其实他也不想啊……

“斯靳恒找你。”

听到是斯靳恒，黎优芫猛然就从沙发上蹿了起来，他异常的举止让黎浅洛多看了他一眼，这家伙肯定有事瞒着她！

“等会儿，斯靳恒忽然找你干吗？”黎浅洛走到他面前，围着他转了几圈，阴谋的味道越来越浓。

黎优芜挠了挠后脑勺，故作崩溃道：“亲姐！我们两个大男人会有什么事情？斯靳恒爱好男还是女，你比谁都清楚吧？”

黎浅洛想了想也是，可能是因为工作上的事情，只好说：“那你去吧！”

她话刚说出来，办公室就已经没了黎优芜的身影。

黎优芜戴着墨镜出现在总裁办公室楼层，允起已经收到了斯靳恒的命令，说：“黎先生，总裁吩咐您来了直接进去。”

摘掉墨镜对他点了点头，黎优芜对着几个看着自己很激动的女秘书眨了眨眼睛。几个女秘书顿时心花怒放，直呼黎优芜帅呆了！

斯靳恒放下手中的文件，看着走进来的男人，率先开口：“你带暖暖过来的？”

第三十五章　收起你乱七八糟的想象

黎优茺愣了愣，还不知道暖暖和斯靳恒之间是什么情况，点了点头说道："嗯，本来想领着找我姐的，谁知道那丫头调皮说自己有事就跑了！还威胁我不能跟上来。"他很无奈地摊了摊手。

斯靳恒会信才怪！"她真的是你姐朋友的孩子？"他又问。

黎优茺搞不清状况，说："我姐说是就是喽！暖暖呢？没在你这吗？"他四周看了一圈，都没看到那个小身影。

斯靳恒仔细打量着黎优茺的表情，试图从他脸上看出什么破绽。

没有一分钟黎优茺就开始招架不住他犀利的眼神，就在他什么都要交代的前一秒，斯靳恒开了口："她在休息室睡觉。"

暗自松了口气，黎优茺推开休息室的门走了进去。

与此同时斯靳恒收到一条来自黎浅洛的短信："以后我们私底下不要再见面了！"

男人的脸色变得很臭，开始思索什么事情又让她生气了，半晌后他回复消息："对我某方面的表现不满意？"

黎浅洛回："你的表现我很满意，但是我们私下再见面……不合适！"

"你姐今天都去哪了？"突如其来的问题让刚出休息室的黎优茺有点莫名其妙，脑子飞快地转着。

"没啊，我来以后她一直在办公室工作！"这俩人什么情况？

斯靳恒沉默了，这女人的心果然是海底的针！

不过，她说不见就不见了？这是用完他就要扔吗？

他不允许！

黎优茺望着他阴下来的脸色打了个冷战，他就应该抱着睡着的暖暖先离开。

好可怕的男人，这斯靳恒上辈子是地狱修罗吧？想到这里，黎优芜有种想逃的冲动……

“收起你乱七八糟的想象！”男人冰冷的声音打断黎优芜的天马行空。

斯靳恒看看黎优芜变来变去的脸部表情，就知道他在胡思乱想！

黎优芜面露尴尬，这个男人怕是个神吧！

斯靳恒紧紧盯着他的脸，那表情像极了黎浅洛那个女人的笑容。

“斯总……你该不会男女……通吃吧！”他看自己的眼神，吓得黎优芜快要哭了！

他为什么会选择和这样的一个男人待在一起！

斯靳恒又是一道凌厉的目光扫过来，“你没有那么大的魅力，我只对你姐感兴趣！”

黎优芜听闻，立刻拍了拍自己的小心脏说：“我说前姐夫……”

“我不介意你直接叫我姐夫！”男人看着电脑，打断他的话。

黎优芜瞬间无语，只见原本要开始工作的男人又突然正视他说：“我手底下有几家数一数二的跨国娱乐公司，你随便选，条件随便开，我可以让人着重培养你，在你选择的城市给你提供一栋别墅，一辆西尔贝限量跑车。”

“你这是……要贿赂我吗？”许久以后，黎优芜才找回自己的声音，迷茫地看着眼前这个权势只手遮天的男人。

斯靳恒脸色铁青，他和那个小女人真不愧是亲姐弟，有的时候还真不是一般的像，冷冷地说：“想太多，以后见面叫姐夫！”

“还有呢？”黎优芜拉回思绪立刻点了点头，这都不是问题！

“以后再有人追你姐你帮谁？”比如那个赫连宇拓，估计黎家的人早就知道了他和黎浅洛的事情。

黎优芜满脸激动地扑到斯靳恒的办公桌上，深情表白道：“姐夫，我这么崇拜你，当然是要帮你！”

噢……好诱人的条件，姐，对不住了！

男人满意地点了点头。

休息室的门被打开，黎暖暖睡眼蒙眬地从里面走了出来。

“暖暖，这么快就睡醒了！”比黎优芜脚步更快的是斯靳恒，他刚抬起脚没走两步，男人已经到了黎暖暖的面前。

慈爱地抱起了刚睡醒的暖暖。

暖暖噘起小嘴说：“叔叔，我舅舅来了，我要回家了吗？我好舍不得你啊！”她不想走！

斯靳恒忍不住微微一笑，“下次让你舅舅还带你过来！叔叔一直都在这里！”

“真的还可以来吗？叔叔不骗我！”黎暖暖闻言，本是迷迷糊糊的小脸瞬间清醒，满脸惊喜地搂着男人的脖子。

黎优芜觉得斯靳恒抱着暖暖笑得那么温暖，或许就是父女天性吧！

其实斯靳恒也挺可怜的，抱着自己的亲生女儿，还以为是别人的孩子。如果有一天他知道真相……啧啧啧，姐，你自求多福！

斯靳恒说：“当然！叔叔从来不骗人！”

“好的，叔叔你太好了！”暖暖用力地往斯靳恒脸颊上亲了一口。

然后开心地从他身上爬下来，走到愣在原地的黎优芜面前，抬起头问道：“舅舅，你傻了？”

黎优芜收起惊讶的表情，没好气地瞪了一眼小家伙，“你就不会跟你舅舅说句好听的！”

黎暖暖丝毫不掩盖自己对他的嫌弃，“谁让你那么傻！”

黎暖暖接过斯靳恒给她递过来的玩具娃娃，开心地跟他挥手告别。

打开办公室的门，斯靳恒把一大一小送进电梯，准确地来说是去送暖暖。

暖暖甜甜一笑，向他挥手，“叔叔再见哦！”

“再见！”小家伙的笑容再次萌化了他的心。

当天晚上黎浅洛给黎暖暖洗澡的时候，小家伙就开心地告诉黎浅洛自己白天和一个叔叔在玩，叔叔还带着她吃冰激凌球，还送给她一个玩具，她可开心了！

黎浅洛问她哪来的叔叔，小家伙也很聪明地回答，是黎优芜的朋友，但是她不知道叔叔叫什么。

黎优芜朋友比较多，黎浅洛也没有怀疑，继续给女儿洗着澡。

承阳私人医院内，司承阳给急性肠胃炎的斯靳恒开了一个高级病房，让他在里面好好输液。

允起坐在床边，担忧地看着半躺在病床上的男人问：“你怎么就急性肠胃炎了呢？”他记忆中总裁都没生过病的。

“他是吃过刺激性的食物，然后又喝了不少白酒，就这样了！”司承阳收拾着医疗器具，替他们解答疑惑。

斯靳恒慵懒地闭上眼睛说：“你们都走吧，我想休息一会儿。”

待他们都离开以后，他本来闭着的眼睛忽然睁开，打开自己的手机，给输着液的左手拍了张照片。

然后翻出一个微信，点击发送。

黎浅洛抱着女儿快要睡着了，手机微信声音响了一下。

这么晚了，是谁啊？她迷迷糊糊拿过手机。

无意间看到是斯靳恒，这个男人大半夜的为什么不睡觉？

只是在看清他发的照片后，她立刻清醒了三分，问道：“谁生病了？”

第三十六章 相思病而已

“废话！”他没那个闲工夫去拍别人。

她坐起来快速回了几个字：“你怎么了？”白天的时候不还好好的吗？

“承阳私人医院606病房。”他想见她，想让她陪着。

黎浅洛迅速从床上爬起来，把女儿抱到她自己的小床上，然后去衣帽间换了衣服，开着车往医院赶去。

急匆匆赶到医院606病房，里面的男人闭着眼睛歪歪斜斜地靠在床头。有一种说不出的慵懒和贵气。

她小跑到男人身边，焦急地问道：“斯靳恒，你怎么了？”

男人闭着眼睛淡淡地回答：“要死了。”

这虚弱的声音听在黎浅洛的耳朵里，仿佛是真的快要死掉的样子。

她红着眼圈扑到男人的怀里：“斯靳恒，快告诉我，你到底怎了？是哪里不舒服？”她手足无措地在他身上检查着。

男人一把握住她的小手，这才缓缓睁开眼睛，嗓音暗哑地吐出两个字：“绝症！”

绝症？黎浅洛看着眼前的男人，好好的怎么就得了绝症？他要是死了，她怎么办？想到这里黎浅洛眼泪啪嗒啪嗒往下落，豆大的泪珠落在男人挽起袖子的胳膊上。

斯靳恒看到她的眼泪开始慌了，连忙把她的脑袋按在自己怀里戏弄她说：“别哭，只是相思病而已。”

相思病？黎浅洛的哭声戛然而止，抬起头泪眼汪汪地看着满脸笑意，同样正在看着自己的男人。

她毫不犹豫地在他腰上拧了一下，男人只是微微皱眉，并没有很痛。

黎浅洛觉得不解气，又非常气愤地在他胳膊上咬了一口，直到留下一排深深的齿印，才满意松口。

斯靳恒看着自己不知道被她虐过多少次的胳膊，幽幽地问道："你说你是不是有暴力倾向？"以前是，现在也是。

黎浅洛擦掉眼泪，又在他身上打了一下。

"就是有，谁让你骗我的！"她都被吓到了，因为斯靳恒根本就不是一个会开玩笑的人！

男人给她擦掉眼泪，只听见她又说道："相思病，你想你未婚妻，干吗给我发信息？"

是啊！干吗给她发信息？斯靳恒看着黎浅洛的眼神很嫌弃，像是在看一头猪。

"……你那是什么眼神？"黎浅洛不满地嘟着嘴巴坐在他的床边。

斯靳恒干脆闭上眼睛，不再理会她。

"喂，你让我来是看你沉默的吗？"她拍了拍男人的胳膊，专挑自己咬过的地方打。

如果谁敢说黎浅洛没有暴力倾向，斯靳恒会站起来第一个反对。

男人坐正身体腾出半边床，给她抬了抬下巴，示意她躺下。

黎浅洛看到他这个动作气消了一半，乖乖枕着男人的胳膊躺了下去。

斯靳恒浅笑，将女人搂在怀里说："睡觉！"

望着头顶输液的吊瓶，黎浅洛到现在都还不知道他这是怎么了，于是问道："你为什么不告诉我你怎么了？"

斯靳恒淡淡地跟她解释："刚才多喝了几杯白酒。"

"你说你，少喝点不行吗？你是不是拿自己的身体不当回事？酒又不是什么好东西，喝那么多做什么？"

小女人虎着脸教训人的模样可爱极了，斯靳恒浅笑点头附和："我下次注意！"

"这还差不多！"

接下来病房内极为安静，相拥的两个人听着彼此的心跳，黎浅洛很快入睡。

斯靳恒输完两瓶点滴，已经凌晨三点多，他轻轻地从病床上坐起来。

等着护士拔掉针头，斯靳恒将熟睡的女人打横抱起，走出病房。

把她放在自己车后座上，想让她继续睡，但是黎浅洛醒了。

迷迷糊糊地看着眼前的男人问："怎么样了？还有什么不舒服吗？"

听着女人柔柔的关心，斯靳恒摇了摇头说："你睡吧，我开车带你回去。"

他要带她回去，带她去哪？

男人退出车后座，黎浅洛跟着坐了起来，这才发现自己在他的车内，问道："输液输完了？好些了没有？"

斯靳恒坐到主驾驶上，回头看了她一眼说："好了，现在回去。"

两个人直接到了斯靳恒在月牙泉的别墅里，路上黎浅洛又睡着了。

这一觉再次睡醒，已经第二天早上。

她还是被自己的手机铃声给惊醒的，迷迷糊糊地伸出手去摸手机，却摸到了一个人的脸。

一时间没有反应过来，结结实实地把她给吓了一跳，她立刻睁开眼睛，这才发现斯靳恒正在直勾勾地看着她。

哦，她想起来了，昨天晚上她去了医院。

只是她是怎么到的月牙泉，这个问题就想不起来了。

手机铃声还在响着，斯靳恒把床头包里的手机递给她，是黎优寒。

她清了清嗓子，接通电话。"大哥。"

黎优寒担忧的声音从那边响起。"你昨天晚上不是回来了吗？人呢？"房间门敲了许久都没人回应，推门进去一看，床上空荡荡的。

接触到斯靳恒玩味的目光，黎浅洛脑子快速地转着，编了个理由。"大哥，我……今天提前来公司了，公司最近工作比较多。"这个借口挺好的。

黎优寒看了看腕上的时间，七点多，也就信了，劝道："别太拼，累了就歇歇。"

这几年在工作上妹妹是拼尽全力，每天早出晚归，她的努力大家都看在眼里。

“嗯嗯，大哥，暖暖就麻烦你了。”大哥在家，他或者黎优芜都可以送暖暖去幼儿园。

“什么麻烦不麻烦的，好好工作！”

“好，再见！”

挂掉电话，黎浅洛松了一口气，看到已经是早上七点多，连忙从床上坐起来。

眼看女人就要下床，斯靳恒不满地开了口，“这么无视我的存在？”

黎浅洛愣了一下，随后嘿嘿一笑，在他的薄唇上亲了一下。“斯总，上班快迟到了，就放过我吧！”

轻轻亲一下斯靳恒怎么可能会满意？一把将女人拉回自己的怀里覆上她的红唇。

时光匆匆，没有不相干的人横在两个人中间的日子，甜蜜又美好。

远在国外的莫雅薇就坐不住了，因为她联系了斯靳恒好几次，斯靳恒总是对她爱理不理的。

她派去的人还看到斯靳恒和黎浅洛经常在一起出双入对。

所以，她又动手了。

晚上，黎浅洛下班有些晚，当她走到停车场时，看到一群蒙着脸的人，个个拿着木棍，对她的车又砸又踹的。

第三十七章　我在等你

她躲在一旁连忙联系了斯靳恒。

斯靳恒带人赶来得很及时，在她没有受伤之前救了她，并将她平安送回家。

黎家庄园门口，斯靳恒从车上下来走到女人面前，看着她吓得略微苍白的小脸，长臂一伸把她搂在怀里。

黎浅洛将脸贴在他的胸膛上，紧紧闭上眼睛，这个男人总是能给自己很多安全感。

“没事了，回去早点休息。”男人低沉富有磁性的声音在她耳边响起。

黎浅洛张了张嘴，想说今天晚上的事情绝对是莫雅薇安排的，但她只是张了张嘴，最后也没说出来。

因为她没有证据，还是不要说了。

等到她找到证据，一定要把莫雅薇那个女人碎尸万段！

她抱住他的腰身，眼中划过一抹狡黠，假装柔弱地开口：“斯靳恒，我……”

听着她略微颤抖的声音，斯靳恒把她搂得更紧了。

“嗯？怕了？”他轻声低喃。

昏暗的路灯下，谁都没再说话，感受着彼此的心跳。

过了一会儿，心里美滋滋的女人才轻轻地摇了摇头说：“没事，你早点回去吧！”

她松开他的怀抱，后退一步，随手拢了拢长发。

斯靳恒深深地看了她一眼，最终在她额头上落下一吻，转身上了车。

黎浅洛看着消失不见的迈巴赫，松了口气，这才往别墅走去。

庄园正门口还停了一辆车，车边站着一个男人。

身影看上去很熟悉，如果黎浅洛没猜错，应该是……

刚才她怎么没看到？黎浅洛心虚了一下。

高大的男人主动向她走来，果然是经常神出鬼没的赫连宇拓。

“下班了？”他面带微笑望着面前的女人，仿佛刚才什么都没看到。

黎浅洛眨了眨眼睛，确定是赫连宇拓，她点了点头后问道：“赫连，这么晚了怎么会在这里？”

男人直白地回答：“我在等你。”

望着女人灵动的大眼睛，有一瞬间赫连宇拓真想为了她放下自己现在的一切束缚。

“有事吗？”她又想起了四年前斯靳恒说过的话，她的身上有他们想要的东西，所以赫连宇拓才接近她的……

那么，现在赫连宇拓经常联系自己，还是为了她身上的老怀表吗？

老怀表是黎家的祖传之物，据说里面有宝藏线索，到了他们这一代，就传给了黎浅洛。

“你和他复合了？”他问。

她摇头，他现在还有未婚妻，他们怎么可能在一起？

赫连宇拓似乎松了一口气，温和开口：“那……浅洛，如果我愿意放弃一些东西，你愿意和我在一起吗？”平时他虽然很忙很忙，但是时不时地脑子里总会浮出她的身影。

黎浅洛震惊地看着男人，他所谓的一些东西，是什么？权力、地位还是老怀表？

赫连宇拓依然浅笑，他承认刚开始自己是因为老怀表才接近她的。但是现在，他想接近她，跟老怀表无关。

他更加坦白地表达自己的想法，“我不要老怀表，我愿意放弃我目前的位置，只是单纯地想跟你在一起。”

他成熟低沉的声音，让黎浅洛倍感压力。

他居然愿意放弃老怀表，更愿意放弃自己的地位……

而赫连宇拓想要得到老怀表，本身就是为了巩固自己的地位。现在这两样东西，为了得到她他都可以放下。

“不，我们俩不合适！”她只能这样说。

因为她的心里只有斯靳恒，完全装不下别的男人。

赫连宇拓眼中闪过失望，但依然深情地说：“你是不是还爱着他？浅洛，我不介意，我愿意陪着你忘掉他。”他说得很干脆，双手不由自主地攀上女人的肩膀，低下头深情款款地注视着她。

黎浅洛摇了摇头说：“不可能会忘记，我和他一直在纠纠缠缠，我们还有一个女儿。”斯靳恒如果知道她和赫连宇拓在一起，肯定不会放过她！

“我知道暖暖，她很可爱，我愿意接受你的所有。”既然他选择和黎浅洛在一起，她的什么事情他基本上都知道。

面对和斯靳恒的相爱相杀，还有莫雅薇的誓不罢休，赫连宇拓此刻的表白，对于黎浅洛来说诱惑力真的很大。

她也不想满脑子都是斗争，她也想安安静静地和爱的人陪着女儿开心地生活，这个男人说愿意接受她的所有……

黎浅洛低着头，眼泪莫名地就落了下来。也许，很久没人对她说这些温柔的告白了吧！

赫连宇拓动作温柔地给她擦掉眼泪，捧起她面带泪花的小脸和她对视，真诚地说：“浅洛，我是认真的，我不会让我们之间有别的任何女人，请相信我！”

起风了，黎浅洛泪眼婆娑地看着眼前同样高高在上的男人。

他和斯靳恒不同的是，他更加成熟，更加知道怎么去呵护一个女人。

知道自己缺乏什么，想要什么，她迷茫了……

男人情不自禁地低下头，就在即将吻上女人红唇的前一刻，黎浅洛就推开了他。

她擦掉眼泪，果断地做了决定，说：“给我两个月的时间。”

如果两个月还不能解决目前的一切，她愿意……放弃那个男人！

“太久了。”他不满地低喃，没有松开她。

一个车灯照过来，女人条件反射地回头，她看到斯靳恒居然又回来了……

望着黑暗中纠缠在一起的那对男女，斯靳恒双眸中迸发出冷漠的光。

快速解开安全带下了车，大步走到两个人面前，霸道地将小女人从赫连宇拓的怀中拉到自己怀里。

这才发现她居然哭了。

绝对是赫连宇拓的原因！

斯靳恒毫不犹豫地将她带到自己身后，然后脱掉自己的西装外套扔在一旁。

赫连宇拓不紧不慢地做了同样的动作，丝毫不介意接下来的行为会给自己的身份带来什么样的风波。

两个男人很快扭打在一起，黎浅洛无奈地闭上眼睛。

这两个男人以为自己现在还是十几岁吗？斯靳恒也是够了，每次碰到赫连宇拓，都是这么不淡定！

两个人你一拳我一拳，听着看着都让人心惊。

黎浅洛冷冷地喊了一声：“你们两个闹够了没有！”只是，没有人回应她，打得依然是难舍难分。

就在这个时候，又是一辆车灯照了过来，是爸爸的车！

完了！

黎浅洛真想让自己立刻隐身，焦急到想上去分开两个人，又怕那结实的拳头招呼到自己身上。她只能在一旁干着急地吼道：“斯靳恒，赫连宇拓，你俩快点住手，丢人不丢人！”

第三十八章　暖暖是我的孩子

还是没有人回应她……

黎贺翔和龚安琪已经从车上下来，看到这一幕夫妻俩也是很震惊。

黎贺翔又看了一眼满脸焦急的女儿，并没有发现什么。

不过，他还是先把两个打架的男人拉开再说，要是被记者偷拍到，还不知要闹出什么样的风波！

黎贺翔硬是上去把打红眼的两个男人给拉开，几个拳头不小心招呼到他的身上。即使是当兵出身的黎贺翔，还是忍不住咧了咧嘴，这俩人的拳头真结实啊！

“请两位注意身份！”黎贺翔严肃地看着两个都是站在各领域顶端的男人，他真想不通这两个人怎么会打起来。

黎浅洛脸色通红，尴尬地拿起地上的外套，扔到两个脸上挂彩的男人怀里。“你们俩都赶紧走！”真是丢死人了！

赫连宇拓点头说：“浅洛，我先走了，别忘了答应我的事情！叔叔阿姨，我先告辞了。”然后先转身上了车，车子离开。

现在轮到斯靳恒了，黎浅洛把目光放到冷得可以杀死人的男人脸上，压低声音说：“你也赶紧走。”

但是斯靳恒并没有理会她的话，看向旁边的长辈礼貌开口：“伯父伯母，我有些事情想跟浅洛谈谈。”一举一动不卑不亢。

黎贺翔在知道斯靳恒和女儿有很大的关系后，曾经调查过他，并没有太详细的结果。只有一些平常人都知道的表面消息，只有一点比较重要，那就是他和莫雅薇订过婚！

不过黎贺翔也不想参与年轻人的恩怨，只是说道：“十分钟吧！毕竟已经很晚了！”

“多谢伯父伯母。”

龚安琪拍了拍黎浅洛的手，和黎贺翔上了车。

车内，龚安琪疑惑地问：“你说，该不会赫连和那小子都看上咱们家浅洛了吧？”要如果真是这样，挺麻烦的。

半晌后，黎贺翔才微微点头说：“有可能，两个男人为了一个女人打架，之前又没有什么恩怨，那只有情敌相见分外眼红。”

一时间夫妻俩不知道该高兴还是替浅洛难过，黎贺翔叹了一口气说：“也许，他们两个中间有一个人是暖暖的爸爸！我猜应该是斯靳恒，孩子很多地方还是很像爸爸的！”

想到这个事实的可能性很高，夫妻俩又沉默了。

庄园门口的斯靳恒在他们离开后并没有着急开口，反而点上一根烟默默地抽着。

黎浅洛看了看手机时间，一根香烟抽完还有七分钟。

斯靳恒忽然掐灭烟头，下一刻他将面前的女人狠狠地搂在怀里，低头封上她的红唇。

黎浅洛也不反抗，任由他吻着自己。

又是三分钟后，男人在她耳边喘气道：“黎浅洛！你是我斯靳恒的女人，这辈子我们两个人的名字必须绑在一起，无论生与死！”他捏着她的下巴，说完再次吻上了她的唇。

黎浅洛这次挣脱掉他的控制，随手一个巴掌甩了过去，啪的一声。

瞬间，整个世界仿佛都静止了。

望着女人冰冷的脸色，斯靳恒双眼迸发出怒火。很好，这个女人已经不是第一次对他动手！

黎浅洛最终还是失控了，放声质问：“斯靳恒！你凭什么要把我和你的名字绑在一起，我只不过是你的前妻，你现在有未婚妻！怎么？是想将来你们结了婚，让我做一辈子的小三？”他凭什么不考虑她的立场？他现在身边有女人，还非要缠着她，他对自己公平点好不好？

黎浅洛的话让斯靳恒沉默，后来他又说：“黎浅洛，你那么歹毒，只配做我斯靳恒的情人！”

黎浅洛气得再次扬起手，这次被他拦住了。

她怒极反笑，不屑地开口：“呵呵，做你的情人？我还不如做赫连宇拓的妻子，你凭什么会认为我黎浅洛一辈子就这样被你和那个女人践踏！”

斯靳恒大力将她扣在怀里，狠狠地挤出几句话，“黎浅洛！我说过，你的名字只能和我绑在一起，你敢和其他男人在一起，无论他是谁，无论是什么身份！我斯靳恒都会让他消失在这个世界上！”

男人阴狠的表情让黎浅洛有点害怕，这个男人什么时候变得这么恐怖了？

一道灵光在脑海里划过，她脱口而出：“斯靳恒，暖暖是我的孩子，也是我和赫连宇拓的孩子！”末了她扬起一抹冷笑，不顾他难以置信的表情，弃他而去。

夜越来越深，黎浅洛的身影早已消失不见，黑夜中的斯靳恒彻彻底底体会到什么叫作心痛。

而那份痛，比很久之前莫雅薇带给他的痛楚还要痛上几千倍！

最近SL集团更换了产品代言人，换成了莫雅薇和黎优芫。这就预示着莫雅薇要来A国了！

果然没有两天，作为SL集团代言人的两人就来到了公司。

这对于黎浅洛来说，无疑是一次报复莫雅薇的好机会。

她和黎优芫提前沟通好，暂时放下和斯靳恒的恩怨，以谈工作为由来到他的办公室。

黎优芫在黎浅洛的暗示下去了会议室，黎浅洛主动关上总裁办公室的门。

看着门口进来的女人，斯靳恒沉声问道：“不是谈工作吗？你弟弟呢？”

女人浅浅一笑，说：“斯总，我弟弟的事情我自己解决就好，其实，我只是有些私事想和你谈谈。”莫雅薇来一趟SL集团不容易，等下肯定要来找斯靳恒。

黎浅洛眼中划过一抹精光，主动拉上男人的手，一起进了旁边的休息室。

关上门，她背靠在休息室的门上，挡住男人的去路。

斯靳恒垂首看了一眼女人，或许明白了她想做什么，没必要！他抬起脚步就要离开。

黎浅洛又主动攀上他的脖颈说："斯总，别着急出去嘛，我是真有事情要跟你谈哦！"她紧紧拉住他的大掌，将他带到他们身后的那张大床旁。

女人眼珠子滴溜溜地转着，打着坏主意。

斯靳恒想都不用想就知道这个女人想要什么小把戏！真幼稚！

无声叹了口气，推开她往休息室外走去。

这个男人怎么这么不配合？黎浅洛急了，趁男人不备一把将他推倒在床上，她自己立刻就压了上去。

斯靳恒看到自己被一个小女人扑倒，铁青着脸想推开她。

感受到他的拒绝，黎浅洛既生气又尴尬地说："斯靳恒，你装什么清纯！"

装清纯？他是不屑陪她玩这种幼稚的小把戏好吗？不过，她的这句话成功激怒了他！

一个翻身，掌控了主导权。

与此同时，黎浅洛耳尖地听到总裁办公室的门被打开。立刻吻上男人紧抿的薄唇。

她都知道有人进来，斯靳恒岂会不知道？

这个小女人既然喜欢给自己拉仇恨，他无所谓！

莫雅薇在办公室内找不到斯靳恒，就直接来了休息室，万万没想到自己会看到里面的一幕……

"阿恒。"震惊的她好半天才找回自己的声音。

斯靳恒没有忽略身下女人眼中划过的那抹狡黠，原来这就是她的目的！

惩罚性地在她红唇上咬了一下才站起来，淡定从容地整理了一下自己的衣服。

黎浅洛瞪了一眼咬到自己的男人，同样不慌不忙地整理好自己的衣服。故作无辜地解释："啊，莫小姐不要误会，我和斯总探讨一下工作而已，莫小姐不要生气呢！"

声音软软的，还带着丝丝撒娇的味道。

莫雅薇眼中含泪，快步走到她面前想甩她一个耳光。

只是她刚抬起手，黎浅洛就麻溜地跳到斯靳恒的身后，语气里带着不怀好意。“斯总，您的未婚妻好像误会咱们两个纯洁的关系了呢！你快哄哄吧，我就不打扰了！”

第三十九章　有什么好哭的

忍住被自己恶心到想吐的欲望，黎浅洛一溜烟地消失不见。

待房间内只剩下他们两个人，莫雅薇面带梨花望着眼前的男人，心里早就想把黎浅洛碎尸万段了！

“有什么好哭的。”男人往外面办公室走去，她的眼泪不足以打动他。

“我知道她是故意的，但是阿恒你能不能不要配合她。”莫雅薇跟在他的后面诉说委屈。

但是男人并不想继续这个话题，就拐到了工作上。“合同资料还有没有其他问题？”那个小女人他自会收拾。

“没有。”

斯靳恒打开电脑开始办公，毫无感情地说：“那就让舒楠送你回去。”

“阿恒，我在这里一个星期左右，你是我未婚夫，我不想住酒店！”莫雅薇走到他身边，从背后拦着他的脖颈。

男人拉下她的胳膊说：“那就去我那里！”压下心中的烦躁，他叫来了允起。

允起接到斯靳恒的吩咐，开着车带着莫雅薇去了月牙泉，临走前还不忘交代她：“莫小姐，除了二楼最里面的那间房是总裁的，其他的可以随便挑一间住下。”

“知道了，谢谢！”

莫雅薇在二楼简单地参观了一下，最后选择了斯靳恒卧室隔壁的房间。

她参观的同时也有留意他的卧室和书房，确定没有女人的衣服和物品才松了口气。

安心地暂时在这里住下。

黎浅洛就猜到了莫雅薇要出幺蛾子，通过允起她已经知道下午的时候莫雅薇就住进了斯靳恒的别墅。

晚上黎浅洛参加了一个饭局，故意在饭局上多喝了两杯。

在斯靳恒准备下班回家的时候，给他去了电话，故作醉醺醺地表白："斯靳恒，我想你了。"

斯靳恒眸色幽深，问："喝酒了？"

"对啊，喝了几杯，我现在想见你怎么办？"

男人顿了一下，丢给她两个字："等着！"

半个小时后，某海景酒店的总统套房内。

斯靳恒将怀中的女人丢在大床上，原本醉醺醺的女人瞬间从床上爬了起来，笑容明媚地和他打招呼："嗨，斯总！"

其实，黎浅洛头是有点晕的，只不过一点点而已……

"喝了多少？"他去换上一次性拖鞋，没有忽略女人眼中的狡黠。

黎浅洛果断地伸出了三根手指头，"三杯！"

又任性地朝他所在的方向踢掉高跟鞋，说："我要拖鞋！"撒娇意味很明显。

男人掀起眼皮扫了她一眼，很好，现在都敢使唤他了！

很快，她的面前放了双一次性拖鞋。

穿到一半，黎浅洛就改变主意了，"我要去看海！"

男人正在解衬衫纽扣的手顿了顿，向她走来，调笑说："海有什么好看的？看我就行了。"

他双手撑在女人身体的两侧，衬衣解开三颗纽扣，露出了他结实的胸膛，让她不着痕迹地咽了咽口水。

斯靳恒这种男人，不扑倒他，就对不起他这张脸和这副好身材！

她攀上他的脖子，将两个人之间的距离拉到最近。故意在他耳边轻轻撒娇，气息中带着若有若无的酒香，问道："不想去海边玩玩吗？斯总？"

男人黝黑的双眸格外迷人，二话不说立刻扣上刚解开的衬衣纽扣。

而女人却咧开嘴巴按住男人的手，阻止了他的动作，调皮地说道："别别，我要去洗澡了！"

男人冷笑，他斯靳恒会这样被她糊弄吗？她说什么就是什么了？

他扣好衬衣纽扣，蹲下身抬起女人的小脚，直接给她穿上高跟鞋。

黎浅洛傻眼地看着半蹲在她面前的男人，她没看错吧？他们的总裁大总裁居然在给自己穿鞋？

窗外隐隐约约传来的海浪声，还有男人认真给她穿鞋的俊容，这一刻让她似乎置身于梦里。

男人的动作很快，没有一分钟高跟鞋就好好地回到了她的脚上。

望着她发愣的样子，斯靳恒眼中泛起柔意，在她唇上印下一吻说："不用谢！"

他心甘情愿地对她好，一辈子都愿意……

黎浅洛微红着脸故作不屑，不敢去看他的眼睛。

"斯总真自恋，我才不谢你呢！"说完，想从床上跳下去。

只是，刚跳起来就很悲剧地和斯靳恒碰在一起，两个人的额头相撞，发出咚的闷声。

黎浅洛委屈地撇了撇嘴，男人立刻在她被碰到的地方吹了吹，她原本想故意指控他是故意的话，卡在喉咙里说不出来了。

此刻的他好温柔，给她吹着额头的动作，好像一对热恋中的情侣……

可惜，他们不是情侣……

感觉到自己的情绪开始低落，她立刻深呼吸，让自己不要去想那些不开心的事情。

其实，能和他在一起，不管什么身份，现在她是开心的就行！

黎浅洛主动揽住男人的脖颈，在他唇上印了一下，"我们出去玩！"

他嘴角勾起笑容，走到座机前给前台打了个电话，让他们送一套女士泳衣和男士泳裤过来。

挂了电话，斯靳恒重新回到床前，将小女人从床上拉起来，顺了顺她的长发。

“有没有能把头发绑起来的发卡？橡皮筋？”

黎浅洛点了点头，连忙从包里翻出一个黑色的橡皮筋。

男人接过她手中的橡皮筋，把她安置在梳妆台前，在她的身后站定。

她回头仰望男人，问：“你该不会是想要给我扎头发吧？”

斯靳恒故意冷哼，一脸傲娇的样子，说：“你应该很荣幸的，这可是本少爷第一次为女人扎头发。”

他的话让黎浅洛撇了撇嘴，还是很配合地说道：“好的，斯总大人，本宫好荣幸！快点吧！”

斯靳恒脸上浮现出笑意，帅气的笑容看呆了黎浅洛。

这个人长了一张这么帅的脸！平时一下都不笑，简直是暴殄天物！

斯靳恒拿起梳子给她梳了梳长发，然后笨拙地将头发放在自己的大掌内。想用橡皮筋给它缠起来，而橡皮筋却不听话地从他手中弹跳出去，掉在桌子下。

看着跑得无影无踪的橡皮筋，男人眉头紧凝。

黎浅洛忍着笑意从地上捡起皮筋，算了！还是不要为难这双赚钱的手了！她利索地把自己的长发挽成一个丸子发髻在头顶。

男人从她背后轻轻地在她脖子上印上一个吻，惹得女人连忙躲开。

男人看着她娇羞的模样笑了笑，这个时候房门被敲响。

他过去打开房门，是服务生过来给两个人送泳衣。

斯靳恒接过泳衣，向服务生淡淡道谢后拉着黎浅洛往酒店后面的更衣室走去。

黎浅洛无语地看着服务生给准备的黑色比基尼泳衣，这不是摆明了要被这头狼吃干抹净的节奏吗？

不过，她今天晚上的目的不就是要和他独处的吗，还矫情个什么啊！

毫不犹豫地换上黑色的比基尼，外面套上酒店的白色浴衣，腰带随手一系便出了更衣室。

外面，斯靳恒也穿着同色的酒店浴衣已经站在海边等着她。

月色下，男人唇角含笑，向款款走来的她伸出了手。

黎浅洛迫不及待地小跑过去，将自己的手放在他的大掌里，被他拉着沿着海边慢走。

此刻时间已经不早了，海边只有两三对情侣在约会。

海风的味道扑鼻而来，随后一阵海浪涌过来，把她的脚打湿。

海水有点凉，但是还好，也不冷。

无意间又想起几年前她在帝城跳海的那次……

她回头看着始终满脸柔情的男人，那次差点就见不到他了。

而她现在好像也不那么恨他，这大概就是爱吧！

黎浅洛不会游泳，也不喜欢游泳，所以只想沿着海边走走。

天边的星星眨着眼睛，海水偶尔触碰着她的脚丫。两个人一直手拉手慢走，虽然都没有说话，但是心情都很好。

过了一会儿，黎浅洛松开斯靳恒的手，往前跑了几步。双手放在海水里，来回撩拨着海水，玩得不亦乐乎。

斯靳恒几个大步上前，将前面玩水的女人拉过来抱在自己的怀里，打趣她问："不醉了？嗯？"

第四十章　很爱很爱

他调侃的声音，让怀里的女人脸色微红地低了低头，说：“我又没说我喝醉了！”

她小声地嘟囔了一句，为自己辩解。好吧！她承认自己刚才装醉，但是她也没有亲口说自己醉了！

听着她的狡辩，斯靳恒只是勾了勾唇角，没有和她计较。

跟黎浅洛在一起，他可以完全抛弃繁重的工作以及所有的不愉快。

这个时候黎浅洛坏坏一笑，走到离海边有点距离的地方，拉开腰带，在岸边脱掉酒店浴衣。

身着黑色比基尼的她，立刻吸引了男人所有的注意力，让他再也不愿意移开目光。欣赏美景的同时，还不忘扫了周围一眼。

还好，这里距离酒店有一段距离，又是晚上，没人注意这边。

黎浅洛带着狡黠的笑容光着脚丫向前方跑去，一阵海风吹来让她打了个冷战。果然，美丽都是需要付出代价的！

咬着下唇钻进海水里，到海水及腰的地方，她就不敢再往前一步。

月色下女人穿着比基尼在海里开怀大笑，视力极好的男人将她的美好尽收眼底。

他也将浴衣脱掉扔在岸上跟着下了海，很快来到黎浅洛的身旁。斯靳恒发现这样近距离看着她，更加有吸引力。

黎浅洛看他这么快就过来了，连忙想躲到一边。

但是在她的尖叫声中，还是原地被男人紧紧困在怀里。

她感受到揽着自己腰间的胳膊逐渐用力，还有男人故意在她耳边吹风。

痒痒的，她呵呵傻笑。

海风轻轻吹过来，黎浅洛忍不住往男人的怀里钻了钻，寻找一丝温暖。

她转了个身面对斯靳恒，双手放在他的脸上，轻轻触摸着他精致到如大师雕刻的完美作品般的五官，感叹着这就是她深爱了好几年的男人。

在她面前，触手可及……可是，却又不属于她。

她被他在水中托起，她捧着他此刻甚是温柔迷人的脸颊，两个人拥吻在一起。

月色越来越浓，海水中紧紧相拥的两个人眼中，只有彼此。

斯靳恒，我爱你，很爱很爱。

黎浅洛，我爱你，很爱很爱。

又是新的一天，黎浅洛从被窝里爬起来，简单快速地洗漱了一下就拉着还没有洗漱的斯靳恒往公司飞奔。

“我的脸比工作重要！”男人难以置信地开着车抗议，活了三十多岁，他第一次没有洗脸就外出！

“算了，我到公司再洗。”斯靳恒，堂堂SL集团总裁居然不洗脸，传出去岂不让人笑掉大牙?

到了办公室斯靳恒第一件事情就是洗漱，把自己收拾到满意后，才去会议室开会。

晨间会议结束，斯靳恒收到一封请假邮件。

是黎浅洛，明天要请假一天。

他回复邮件：“明天什么事情？”

黎浅洛嘴角勾起微笑，她就是在等他这句话，她快速地回复到：“昨天晚上和某个男人厮混了一晚上，明天周末补偿女儿，带她出去玩！”

她点击了发送后，双手合十，默默祈祷，阿弥陀佛，快点回话啊！

终于，两分钟后他回了邮件，她连忙打开，“明天早上八点我去黎家庄园门口接你们。”

耶！成功了！暖暖有爸爸妈妈陪着玩，一定超级高兴。

她也不矫情，淡定地回复了一句："斯总，路上开车小心！"

斯靳恒看到她没有拒绝，心情也很不错！

允起进来汇报工作，刚踏进办公室就看到自家总裁脸上带着罕见的笑容。

斯靳恒看到他进来，脸上的笑容瞬间消失得无影无踪。

周六，一辆黑色迈巴赫在黎家庄园门口停下，没有几分钟，正前方出现一对手拉手并穿着母女装的母女。

魅力十足，让斯靳恒难以移开目光。

暖暖看到斯靳恒，连忙松开黎浅洛的手跑向他。

"叔叔！叔叔！"

斯靳恒勾了勾唇角，身体半蹲，抱起跑过来的小人儿。

黎浅洛已经知道这对父女早就背着她见过面儿了，因为黎暖暖说漏了嘴。她跑去威胁黎优芜后，才知道那天斯靳恒在公司里抱的孩子是黎暖暖。

根本不是什么他和莫雅薇的孩子，也是这才知道自己误会斯靳恒了。

黎家庄园门口，一个鬼鬼祟祟的身影穿着睡衣就拿着手机跑了出来。对着不远处的三个人调好焦距，开始猛拍。

身着白色休闲衬衣的斯靳恒一手抱着女儿，一手拉过旁边的小女人往车内走去。

三个人的背影非常温馨，黎优芜一连拍了十几张，车子消失他才收起手机。

黎优芜踢着拖鞋往别墅走去，这样的话，他就又有了三次和斯靳恒谈条件的机会，不错不错！

那他可得好好想想怎么利用这几个条件比较划算！干脆要了他的SL国际集团？

不不不，这样不好，他姐和暖暖会饿肚子的……

黎优芜嘀嘀咕咕地回到别墅，开始收拾自己的行李，准备前往C国，开始新的娱乐圈生涯。

车上，斯靳恒熟练地操控着方向盘，开口问道：“带你们去游乐场，可以吗，暖暖？”

他已经提前做了功课，所有的游乐场中只有那个欢乐谷是最大的。

从车内的后视镜看了一眼小可爱，小可爱正坐在儿童座椅上看着车子上的屏幕，听到他的询问，黎暖暖乖巧点头，“好的，叔叔！”

和黎暖暖商量好目的地，他又问副驾驶上的小女人：“和我约会的感觉如何？”

黎浅洛娇嗔地白了一眼男人，“您可是斯大总裁，我敢说不好吗？”

男人挑眉，说：“能让黎总经理夸我，很荣幸！”

噗，他哪点听出来她夸他了，自恋!

今天是周末，游乐场的人很多，斯靳恒一下车就抱起了暖暖，还不忘拉上黎浅洛。

颜值很高的三个人，很快有了很高的回头率。

到了售票处，斯靳恒把孩子递给黎浅洛，说：“你先抱着，我去买票。”

黎浅洛接过暖暖，把暖暖放在地上，“你都长大了，不能再让抱着了！”

小家伙嘟了嘟小小的嘴唇，微微抗议：“是叔叔主动抱我的！”又不是她的错!

黎浅洛无奈地看了一眼人小鬼大的女儿，从包里拿出一顶白色的遮阳帽给她戴上。

很快，斯靳恒就拿着票回来了。

又准备抱起暖暖时，被黎浅洛阻止了，“她已经长大了，不能抱着了！”

男人看了她一眼，傲娇地回了一句：“我愿意！”然后就抱着暖暖去检票了。

欢乐谷内。

“妈妈！叔叔，我要坐摩天轮、小火车、海盗船，还要坐旋转木马、太空车、看话剧……”暖暖自顾自地掰着手指头数数，斯靳恒全部点头。

其实，黎浅洛有恐高症的，此时此刻只能老老实实地坐在摩天轮上面，动都不敢动。

斯靳恒抱着暖暖坐在黎浅洛对面，她紧张兮兮的表情让他感觉很好笑。

“放松，我和暖暖都在，你怕什么？”

可她一句话都不敢说，特别是在摩天轮升到最高处时，她都能俯视游乐园周围的建筑了。

暖暖随了斯靳恒，胆大！从斯靳恒身上爬下来，跑到黎浅洛身边抓住她的手。

“暖暖，快回去好好坐着！”

黎暖暖嘻嘻一笑，重新走回斯靳恒身边。

斯靳恒一只手揽住暖暖，另一只手握住黎浅洛的小手，安抚女人：“下次不坐了！”

黎浅洛连忙点了点头，紧紧地抓住男人的大掌，心里的恐惧才消失不少。

终于，五分钟后，黎浅洛双腿发软地扶着舱门下了摩天轮，而那父女俩坐在上面纹丝不动。

在她疑惑的眼神中，看着工作人员重新将门给他们关上，继续下一圈……

好吧！那她就在下面等着他们吧！

父女两个人不嫌烦地坐了三圈摩天轮，才从摩天轮上走了下来。

接着，一家三口在暖暖的带领下去坐了海盗船，斯靳恒把她们两个人送上去，自己在下面等着。

看着母女俩开心的笑容，斯靳恒脸上也洋溢着微笑。

一上午他们带着暖暖去坐了她所说的每一个设备，完了以后，暖暖还恋恋不舍地不愿意离开。

但是已经到了吃午餐的时间。

“暖暖，要不然下午叔叔带着你去海底世界如何？”看到小人儿有点不开心，斯靳恒连忙哄她！

黎暖暖听到这句话立刻睁大了双眼，表现出很有兴趣的样子。

“好呀好呀！那我们快去吧！”

斯靳恒将她放到儿童椅上，给她系好安全带，说：“但是我们现在首先要去吃午饭，你肚肚不饿吗？”

黎暖暖摸了摸自己的小肚肚，点点头说：“暖暖饿了！”

“对啊，我们先去吃好吃的，再一起去海底世界好不好？”

小家伙乖巧地答应了。

黎浅洛系好安全带，看向发动车子的男人，问道：“你下午不用去公司？”

“不用。”既然出来了就要好好玩玩。

午餐在私人小厨吃的，有了斯靳恒，黎浅洛顾着自己就行了。

此刻，暖暖坐在儿童椅内，用勺子挖着大米饭，坐在她旁边的男人一直照顾着。

“来，这个是鳕鱼，暖暖多吃点。”

“这个是海鲜汤，暖暖喝一点。”

“还有这个，泉水苋菜，暖暖要吃青菜的！”

…………

果然是亲爸啊！

斯靳恒照顾完小的，还不忘大的。用汤勺盛了两块黄豆猪手煲汤内的猪手放到黎浅洛的碗中说：“多吃点，补补！”

黎浅洛瞪了一眼眼中带着笑意的男人，还是把他给的猪手吃了。

吃完饭，一家三口向海底世界出发。

半路，允起打来电话，斯靳恒戴上蓝牙耳机。

“总裁，莫小姐一个人打车走了。”今天莫雅薇要离开A国，斯靳恒交代好让允起送她去机场。

第四十一章　当然是我重要

莫雅薇赌气自己打车去了机场。

男人微微皱眉，说："随便她！"就直接挂了电话。

黎浅洛沉默地看着斯靳恒微变的脸色，她？难道是莫雅薇？

"她在你心中的位置，挺重要的吧？为了她都能生气。"车内泛起酸酸的味道。

斯靳恒立刻调整好自己的情绪，唇角微勾问道："那你猜是她重要还是你重要？"

让她猜？黎浅洛故作不屑地一笑，反问男人："那你猜是赫连宇拓重要，还是你重要？"

斯靳恒拉过她的手，紧紧地握着，肯定地回答："当然是我！"

"……你怎么那么自恋！"真不知道他哪来的自信！

斯靳恒得意地扬了扬唇角，找到一个停车位将车子稳稳地停好。

然后靠近她，表情严肃地说道："从此以后，你只有我一个男人！我从头到尾，都会只有你一个女人！"他绝对不会碰莫雅薇。

黎浅洛沉默，半晌后才轻轻开口："可以吗？"

"必须可以！我尽快解决莫雅薇，你解决赫连宇拓。"慕若烟那边他再努力一下。

斯靳恒解开安全带，下车打开后车座的车门，抱出昏昏欲睡的小可爱，说："暖暖，我们到了！"

哦！她想起来了，她告诉过斯靳恒，暖暖是赫连宇拓的孩子！怪不得他说从此以后，她只有他一个男人……

那他从头到尾只有她一个女人？也就是说，他目前还只有她一个女人，和莫雅薇没发生任何关系？

想到这里黎浅洛心情很是舒畅，至少他们两个到目前为止，都是纯洁的，不是吗？

只是，他相信暖暖是赫连宇拓的孩子，他难道不介意她有别的男人吗？即使是曾经有过，他也真的不介意吗？

海底世界内，暖暖时不时地提出一些奇奇怪怪的问题。

“叔叔，这个美人鱼是男生还是女生？”

“这个是母的！”

“叔叔，这个小水母可不可让暖暖带回家养着呢？”

“可以！等下叔叔给你买一些。”

“叔叔，这个鱼好大啊！我能骑上它在海里游吗？”

“可以！改天叔叔带着暖暖去海里玩！”

…………

不愧是亲爹，斯靳恒一点都没有不耐烦，一一回答暖暖的问题。

倒是黎浅洛这个亲妈，听到暖暖这么多问题头都是大的！

从海底世界出来，已经快要傍晚了，暖暖靠在黎浅洛的怀里还没到家就睡着了。

黎家庄园，因为暖暖还在熟睡，斯靳恒将车直接开到了别墅区，一直到别墅门口才停下。

把孩子从黎浅洛怀里接下来，等到她下车，才重新放进她的怀里。

男人在暖暖的脸颊上亲了一口，又在她唇上吻了一下，才若无其事地上了车。

黎浅洛脸色微红地抱着女儿进了别墅。

度过一个愉快的周末，周一黎浅洛去公司上班，工作效率很高。

斯靳恒专门把她叫进办公室，表扬了一番。

黎浅洛被他抱在怀里，刚想说话，自己的手机就响了起来。

来电显示是陆梓熙。

她滑下接听键。“喂，陆梓熙。”

电话那端陆梓熙抽了一口烟，摆弄着手中的耳钉，这是很久之前他买给黎浅洛的礼物，“在忙吗？”

黎浅洛浅笑道：“没有，这会儿不太忙。”

知道对方是陆梓熙，黎浅洛的男闺蜜，斯靳恒双眸逐渐幽深。

“不忙的话，今天晚上出来吃个饭？”他想见见她。

“今天晚上一起吃饭？”黎浅洛在想晚上有没有事情。

眼看女人一副就要答应的样子，身边的斯靳恒蓦然开了口：“晚上加班！”

加班？黎浅洛岂会不知道他什么意思？他就是不想让她和陆梓熙一起吃饭。

“你旁边谁在说话？”陆梓熙仿佛听到了一个男人的声音。

“没有，我在公司，晚上估计要加班，过完这两天我再联系你。”她抱歉地拒绝陆梓熙，只得改天再约。

陆梓熙有点失落地把耳钉放进口袋说：“好，过两天联系！”

结束通话，黎浅洛不满地看着眼睛微眯散发着冷气的男人，“你什么意思？”

“我什么意思？你忘了今天是什么日子？”

经过他的提醒，黎浅洛才忽然想起来，今天是她的——生日！

“好吧！”她的生日由他来陪。

男人满意地在她唇上印下一吻，说：“晚上我已经安排好了，下班后我在停车场等你。”

“晚上我们去哪？”

男人故作神秘道：“保密！到时候你就知道了！”

接下来在公司的时间，黎浅洛完全是在期待中度过的。

刚一下班她就去了停车场。

顺利地找到斯靳恒的车子，车内男人修长的手指正轻轻敲着方向盘，似乎在思索着什么问题。

黎浅洛看着了一下，确定周围没有人注意这边，连忙打开迈巴赫副驾驶的门坐了进去。

车子发动，缓缓驶出了停车场。

“我们要去哪？”车窗外的风景呼啸而过，黎浅洛越来越期待接下来的一切。

男人没有说话，只是安静地开着车，最后车子在一个空中餐厅门口停了下来。

两个人到达55顶层的时候，顶层豪华餐厅里放着舒缓的轻音乐。

昏暗的灯光把餐桌照亮，其中一个靠边的餐桌上点燃着白色的蜡烛，还有几束娇艳欲滴的红玫瑰。

所以，这是来吃烛光晚餐的吗？

黎浅洛心里泛起一丝甜蜜，他还是要陪她过生日的不是吗？

被男人无声地牵起手，一起走到餐桌前，男人很绅士地给她拉开椅子。

两个人面对面而坐，没有一分钟，几个端着餐盘的服务生缓缓而来，很有秩序地把一盘一盘精致的西餐放在他们的面前。

从这里放眼望去A国的灯火尽收眼底，黎浅洛看着斯靳恒没有说话的意思，她也沉默。

往嘴里送了一口鱼子酱，她又有些不安，她的生日不会就在沉默中过去了吧？

那怎么行？“你没有什么想说的吗？”她看了一眼优雅吃着鹅肝的男人，主动询问。

男人只是白了她一眼，继续沉默。

好吧！黎浅洛不满地嘟了嘟嘴巴，这算什么过生日嘛！

十几分钟后，服务生过来撤掉空着的盘子，又上了海鲜汤和意式蔬菜汤。

黎浅洛慢慢地喝着海鲜汤，目光乱瞟，一会儿看看旁边空着的桌子。猜测斯靳恒是不是把这里包了下来，要不然怎么会就只有他们两个？

又看了看桌子上的玫瑰花，跟在A国常见的品种不太一样，估计是空运过来的。

最后又把目光放在对面男人的身上，猜测他估计真的要就这样沉默到最后，这个闷葫芦！

然后是主菜，八分熟的西冷牛排，香煎银鳕鱼，还有烤火鸡。

斯靳恒把切好的牛排和黎浅洛吃了一小口的换了换，看着盘中被整齐分开的牛排，黎浅洛很开心。

每次和他吃西餐，他都会切好给自己。

两个人专心地吃着主食，没有发出一点声音。

吃完主食，黎浅洛已经九成饱，服务生又把奶酪和水果端了上来。

黎浅洛决定先去消消食再回来吃水果，她拿起纸巾擦了擦嘴巴，从位置上站了起来，往天台的另一边走去。

一阵凉风吹来，黎浅洛散开的长发随风飘扬。

“吃饱了吗？”男人的声音在身后响起，他什么时候走过来的黎浅洛都不知道。

她没有回头，看着远处一闪一闪的灯火点了点头。

男人站在她身后，伸出双臂揽住她的腰身，她瞬间被独特的男性气息所包围。

整个人放松下来将身体靠在他的怀里，很自然地享受着这一刻的宁静。

男人伸出一只手，指向正前方的位置。

她顺着他所指的方向看去，只见不远处原本正在播放着广告的巨大屏幕忽然画风一变，变成了用玫瑰花拼成的“洛洛”两个字。

背景是爱心，旁边是一排英文：“Happy birthday，I love you！”

A国许许多多的人都看到了，能在市中心这么大的屏幕上祝福生日的，纷纷惊叹必定是土豪所为！

毕竟这种户外屏幕可是按秒收费的。

是他做的吗？黎浅洛握紧腰间的大掌，看着屏幕上久久不消失的祝福。

所以，他这是在跟她告白吗？想到这里她的一颗心剧烈跳动起来，红着脸抬头看着同时低头看着自己的男人，然后转过身来，将脸埋在他的怀里，感动地说道："谢谢！"

就这样，她就很高兴很开心了。

男人低头亲了一下女人的红唇，就让他们再陪伴彼此一次，不去想任何人和任何事情……

在餐厅里甜蜜地腻歪了许久后，两个人相拥离开了餐厅。

坐上车子，黎浅洛挽上他的臂弯。

"斯靳恒，我很开心，谢谢你。"

趁着红灯时间，男人在她的唇上偷得一个香吻，她轻轻捏了一下男人的胳膊，示意他专心开车。

到了一个十字路口，黎浅洛主动说道："你把我放在前面的路口吧，我自己打车回去。"他最近为了交接工作，已经很累了。

斯靳恒没说话，只是深深地看了她一眼，这一眼别有深意。

黎浅洛被他看得莫名其妙，到了路口见他更没有停车的迹象。

好吧，他说了算！只是……这路线，不是回黎家的路线。

她往窗外看了一眼，这分明就是去月牙泉的路，所以，他要带她去他的别墅？

仿佛看出了她心中的疑惑，男人解释："我给你大哥打过电话了，你今天晚上放心跟我走。"

……给大哥打过电话？"你跟大哥说了什么？"

听到她这个问题，斯靳恒霸气宣布："今天晚上你是我的！"

第四十二章　别哭，许个愿

黎浅洛脸色瞬间绯红，大哥怎么会答应这个臭男人！

“那怎么行，我要是再夜不归宿，我爸妈不会放过我的！”她有点焦急。

“不用着急，大哥会告诉阿姨你今天晚上临时出差到C国！”他熟练地操控着方向盘，将车子掉了个头，驶入月牙泉别墅区。

好吧！她还能再说什么？再多说几句，会显得她很矫情！只得默默跟着来到别墅区。

待斯靳恒拉着黎浅洛打开月牙泉别墅房门的同时，允起带着几个人从后门溜了出去。

别墅内散发出微弱的灯光，黎浅洛没在意，先换了鞋。

只是下一刻，刚出玄关，她猛然停下了脚步。

眼前的一切让她激动到捂住了嘴巴，眼泪在眼中打转。

玫瑰花瓣铺成一条通往二楼的路，旁边燃烧着红色和白色的高脚杯果冻蜡烛，足足有好几米长。

再旁边空白的地方，是用两色心形蜡烛拼成的生日快乐。

斯靳恒注意着她的每一个反应，很难以理解就这么点简单的小东西，就让她感动成这个样子？

刚开始允起提议的时候，他还是很不屑的。

好吧！明天给允起把年薪翻倍！

蜡烛和玫瑰花直接通到二楼他的卧室，不用开灯就能看清房间内的一切。

卧室内更是遍地玫瑰花，同样带着生日快乐的字样。

床上也是，有一个红色玫瑰花瓣的心型。

正当她慢慢蹲在地上触摸着娇艳欲滴的花瓣时，斯靳恒叫了一声她的名字："浅洛。"

她回头，昏暗的灯光下，男人亲自端着一个心形蛋糕，上面插着"26"的数字蜡烛。

距离越来越近，黎浅洛的眼泪也越来越汹涌。

她从来没有感觉这么幸福过，这种幸福是爱情带来的，这个世界上也就只有斯靳恒这个男人能送给她了！

没想到斯靳恒这个冰冷的男人，还会做出像普通小情侣之间做的事情。

男人在她面前站定，望着泣不成声的她，心中划过疼惜。

"别哭，许个愿。"

他耐心地引导着激动到不知道该怎么办的小女人。

黎浅洛抹掉眼泪，闭上眼睛许了一个心愿，随后和斯靳恒一起吹灭了蜡烛。

在斯靳恒准备给她切蛋糕的时候，黎浅洛用手沾了一些奶油调皮地抹到男人的脸上。

斯靳恒也不气，忽然放下手中的切刀，握住她的手，吃掉她手指上残留的奶油……

黎浅洛感受着他的温度，轻轻颤了一下，她微微羞涩地低下头。

就在她脸颊发烫的时候，一个冰凉的东西被男人扣在她的手腕上。

她好奇地看过去，只见斯靳恒不知道从哪摸出来一块白色的女士手表，正在给她戴上。

女士手表上面镶着许多小钻石，最少几十颗，在灯光下折射出光芒。

斯靳恒又从口袋里摸出一块男士手表，和她的这款造型一模一样。同样镶着钻石，不过没有她的多。

但是让人一眼看上去就知道这是一对情侣手表。斯靳恒命令地说："给我戴上！"

"好！"黎浅洛很听话地也给他戴上手表。

男人将女人拥在怀中，在她耳边轻轻说道："洛洛，生日快乐！"

黎浅洛紧紧搂住他的腰说：“斯靳恒，今天晚上我很开心！”

很幸福，只是，这种幸福要是能定格成永远该多好！

他低头捧住她的小脸蛋，亲吻她脸上未干的泪水，说道：“以后身边就算没有我，也不要再掉眼泪！”

我爱你，黎浅洛！

这份爱有多深，也只有他自己知道。

黎浅洛只要一想到这个男人或许还要和莫雅薇结婚，眼泪就更加汹涌。

不过还好，他最起码还留给她一个这么美好又珍贵的回忆当礼物。

她搂住男人的脖颈，踮起脚尖，轻轻送上自己的吻。

很快，床上的花瓣被压住。

夜越来越深，远处户外大屏幕上的生日祝福历经五个小时二十一分钟才换掉。

听说一秒钟都上千上万块，这五个小时二十一分钟，啧啧啧……这个叫洛洛的好幸福啊！

SL集团的微信群都炸锅了，纷纷在八卦这个事情。

洛洛！肯定是她们的黎经理！

他们的女神好牛，居然能让人在户外大屏幕上花上百万表白！

黎浅洛这个名字，从这一刻开始，就是SL集团的传奇。

没有几天，斯靳恒要和莫雅薇结婚的消息就传遍了整个SL集团。

因为婚礼要在帝城举办，斯靳恒在A国的工作就要告一段落。他临走之前给黎浅洛升了职，并安排好未来的路。

可是……这一切都不是黎浅洛想要的。

无论黎浅洛多么不愿意，多么痛苦，他们的大婚之日还是到来了。

自己最爱的人大婚，黎浅洛肯定是要来参加婚礼的。

已经很晚了，黎暖暖早就躺在床上呼呼大睡，客厅里，黎浅洛认真地告诉坐在对面沙发上的黎优芜：“优芜，姐这一辈子过得怎么样，就看明天了，也靠你了！”

“你确定要这样做吗？”

“确定，我要为了我的幸福，暖暖的幸福努力一次！”莫雅薇，你想嫁给斯靳恒，也得看我黎浅洛同不同意！

黎优芜点头，“好的，姐，只要你想好，你做什么我都支持你！”

“嗯！”谢谢你，我亲爱的弟弟。

黎浅洛第二天睡了个懒觉，然后不慌不忙地给女儿穿衣打扮。“乖暖暖，今天要好好表现哦！”她们母女俩的幸福就靠暖暖了。

黎暖暖似懂非懂地点点头说：“知道了妈妈！”其实她什么都不知道，就知道等下要见叔叔了，舅舅说她也可以叫斯靳恒爸爸，她很开心！

虽然是斯靳恒和莫雅薇的婚礼，但是因为斯靳恒不想大办，所以参加婚礼的来宾没有太多，但是也不少。

所有的事情都很顺利，新郎迎娶新娘到酒店，主持人上台主持，新郎登台……都没有任何意外。

直到，轮到新娘上台，主持人还未来得及邀请新娘，一声稚嫩的声音在婚礼场地内响起，“爸爸！”

也许是太安静了，以至于那个稚嫩的声音是那么的清晰。

“爸爸！”

这是第二声，稚嫩而又软萌萌的声音，把在场所有人的心都给萌化了。

纷纷回头往大厅门口望去，只见身着白色休闲套装的黎优芜手里拉着一个穿着白色蓬蓬裙的小女孩，看上去超级可爱。

那声音就是从小女孩嘴里发出来的，她的目光落在台上斯靳恒的身上。

显然是在叫斯靳恒为爸爸，台下一片哗然。

斯靳恒比所有人都震惊，看着忽然出现的暖暖叫自己爸爸，他彻底沉默了。

还没有上台的莫雅薇在看到黎暖暖的那一刻，一颗心瞬间提了起来，一种不好的预感划过，她连忙向主持人使了个眼色。

主持人回过神来继续读着接下来的台词："接下来，新娘莫雅薇……"他的话在斯靳恒的手势中暂停。

黎优芜拉着黎暖暖已经走上了通往舞台的道路，所有的摄像师和记者都把镜头转向了他们。

斯老爷子冷静地打量着小女孩，仔细看会发现她和斯靳恒小时候长得很像，比如鼻子，还有嘴巴……

旁边的慕若烟早已目瞪口呆，她看到了什么？自己好像多了一个孙女？！

如果斯靳恒刚才还在怀疑自己听错了，或者暖暖叫的不是他，那么现在站在自己面前的暖暖，他亲耳听到的爸爸，绝对不会再错！

"爸爸，我是暖暖！"黎暖暖对着他扬起可爱的笑容。

好开心啊，她终于可以认回爸爸了！

莫雅薇难以置信地看着小女孩，想崩溃，这个孩子从侧面看去，和阿恒长得好像！

终于她没忍住，失态地拉着黎暖暖往外走，"出去！哪来的野孩子！搞乱别人的婚礼。"

只是她还未走两步，她的另一只手被一个大掌拉住。

"放开她！"

这冰冷的声音，是斯靳恒。

莫雅薇呆住，她有预感，一切都完了，她也要跟着完了……

她表情木然地松开黎暖暖，黎暖暖立刻躲进了斯靳恒的怀里。

黎优芜走过来递给斯靳恒一个档案袋，自己拿着另外一样东西去了投影室。

斯靳恒先暂时松开暖暖的手，打开档案袋，里面赫然是一份DNA鉴定结果。

是他和黎暖暖的亲子鉴定书，一个巨大的惊喜像炸弹一样向他砸过来。

黎暖暖居然是他斯靳恒的亲生女儿！震惊，惊喜，愤怒，各种情绪从心底涌出。

与此同时，大屏幕上忽然开始播放一个视频。

第四十三章　斯靳恒的亲生女儿

上面的地点是在医院的一个办公室，黎优寒帅气的身影出现在里面。

一个医生惊恐地看着闯进来的一波人，问道："你们要干什么？"

莫雅薇认出了那个医生，是在帝城四年前黎浅洛流产那次的主治医生。

不能让斯靳恒看到！不能，绝对不能！

她疯狂地冲台下喊了一声："把大屏幕关了！"

众人目瞪口呆地看着疯了一样丝毫不顾形象的莫雅薇。

视频里，黎优寒淡淡地问道："莫雅薇认识不认识？"

被吓得脸色铁青的医生老实回答："认识，认识！"

"四年前，有一个病人叫厉浅洛，她是流产被送进来的，可还记得？"

"记得，记得！"

黎优寒脸色一沉，语气冰冷地质问："她的孩子到底是怎么没有的？"

医生感觉到自己面对的人物不简单，立刻老实交代："和……莫雅薇一起来的男人，说是让说做的人流，其实，送来医院的时候就已经流产了！"

大屏幕上的人消失，观众席早已炸了锅，莫雅薇双腿一软，直直跪在了地上。

斯靳恒面无表情地看着这一幕，想起四年前黎浅洛流产的那次，她口口声声说着莫雅薇害她流产，而他却一点点信任都没给她……

直到这一刻斯靳恒才惊觉，他欠那个女人多少信任，欠她多少爱！

她四年前悄然离开生下暖暖，抚养了四年。

而他，却一而再再而三地误会她……

扫了一眼地上一脸茫然的莫雅薇，斯靳恒做了一个决定。

他抱着暖暖走到台下，来到傻愣在原地的慕若烟面前说："看到了？如果不是你和莫雅薇，你早就可以抱到孙女！如果你还执意让我和这个女人结婚，我愿意放弃SL集团和斯家的身份！”

然后他不顾慕若烟的反应，把暖暖交给斯家贤。

黎暖暖搂着斯家贤的脖子，瞪大眼睛甜甜地问道：“你就是爷爷吗？”

一声爷爷听得斯家贤心花怒放，惊喜来得太意外，他都有孙女了！还这么大了！

斯老爷子连忙凑过来，主动介绍自己：“重孙女，我是你太爷爷！”

他记得有一次这个孩子曝光，说是黎浅洛的骨肉，生父不详，他就知道暖暖的身世没那么简单。

他后来也去调查了，但是一无所获，可能是黎家的人要保护黎浅洛，抹掉了她之前所有怀孕和生产的记录。

“太爷爷。”黎暖暖一点都不怕生，甜甜地叫人。

斯家瞬间多出来一个这么大这么可爱的孙女，大家都七嘴八舌地凑过来送祝福。

慕若烟被挤出了人群，茫然地看着台上狼狈的莫雅薇，她真的做错了吗？

她认定了十几年的儿媳妇，是个什么样的人？她真的了解吗？这中间是不是有什么误会？

但是，即使有误会，慕若烟听到儿子愿意放弃所有的东西，她也怕了……

斯靳恒重新回到台上拿起话筒说：“各位来宾，今天的婚礼取消了！感谢各位的参与！”

他要把欠那个女人的所有东西，全部弥补回来。

当然那个女人他是不会这么轻易原谅她的！居然敢骗她这么久，他真的生气了，一定要给她一个让她无法承受的后果！

而此时在场外看着现场情况直播的黎浅洛早已泣不成声，她成功了！终于成功了！

短短的时间内，莫雅薇成了众人口中谩骂的歹毒女人，同时黎浅洛也成了斯靳恒背后那个默默无闻的伟大女人。

斯靳恒从酒店出来，拨通黎浅洛的电话，咬牙切齿地开口：“你居然敢隐瞒我这么大的事情！”他平时是不是太纵容她了？

黎浅洛心虚地一笑，“谁让你之前那么对我！还有你早晚都要和莫雅薇结婚，万一我不但得不到你，你还要跟我抢暖暖怎么办？”

“这就是你隐瞒我的理由？”

“对！”

“好，黎浅洛，我会让你知道这么欺骗我隐瞒我的后果！暖暖，你暂时不要见了！”男人说完果断地结束了通话。

黎浅洛看着手机傻眼。

接下来她再打斯靳恒的电话没有一个能打通的，她瞬间就慌了，真的见不到暖暖了吗？

黎浅洛也只能在心底怒骂。

就这样过了一个星期，就在黎浅洛准备和斯靳恒拼命也要抢回女儿的时候，黎暖暖来了电话，“妈妈，我想你了！”

“乖宝贝，妈妈也想你啊！你最近还好吗？跟着爸爸开心吗？”

“开心，妈妈你能来看看我吗？”暖暖从来没有离开过妈妈这么久，还是很想念黎浅洛的。

“能，你爸爸呢？让他接电话。”今天无论如何，她一定要见到暖暖！

可是斯靳恒没有接听她的电话，但是暖暖告诉她，会有人去接她过来看望暖暖。

半个小时后，果然有人联系黎浅洛，说是斯靳恒派过来接她去斯家庄园的人。

黎暖暖自从跟着斯靳恒以后，斯靳恒在第一时间给她上了户口，正式将名字从黎暖暖改为斯暖暖。

“妈妈！”黎浅洛刚一出现，斯暖暖就开心地尖叫了一声，她都好久没有看到妈妈了呢！

爸爸总说妈妈有事情要忙，不过很快就会和他们在一起的，斯暖暖这才安心。

看着从台阶上走下来的小人儿，黎浅洛一把将她抱进怀里，在她脸蛋上亲了又亲。

“妈妈，暖暖好想你哦！”斯暖暖乖巧地趴在黎浅洛的肩上，紧紧搂着她的脖子，闻着属于妈妈的味道。

黎浅洛激动到泪流满面，然后就暗骂自己没出息，见到女儿哭个什么！

擦掉眼泪，黎浅洛开了口，声音带着浓浓的鼻音，“妈妈当然也想你啊，和爸爸在一起开心吗？”

斯暖暖重重地点了点头：“开心！”爸爸就像一个超级英雄，每天都会陪着她吃饭，睡觉，讲故事，玩耍。还给她所有她想要的东西呢！

黎浅洛感觉到女儿的兴奋，内心五味翻杂，斯靳恒无疑是一个好爸爸。

但是，她也是一个好妈妈啊，为什么就要剥夺她做妈妈的权利呢？

这样太不公平了！

她必须找斯靳恒好好谈谈，争取把女儿要回来。如果真的要不回来，那她只能……和他彻底对抗，在法律上的对抗。

打定主意以后，黎浅洛看着和自己玩耍的女儿，旁敲侧击地问她：“暖暖，如果有一天，爸爸和妈妈只能选一个，你会选谁呢？”

暖暖想了想，表情很纠结，然后开口说道：“我想爸爸妈妈都选择。”

爸爸妈妈还有暖暖能在一起，是她最开心的事情。

“不行，只能选一个。”黎浅洛打破砂锅问到底，非要听到自己想要得到的答案。

“不行啊？”斯暖暖有点失望，然后又纠结了一会儿，黎浅洛都开始紧张了，才听见她回答：“那我选择爸爸。”

黎浅洛的那个心啊，瞬间冰凉冰凉的，凉得很疼很疼。

为什么！这是为什么！她可是养她快四年啊，居然比不上一个没相处几天的爸爸。

黎浅洛好想哭，暖暖你这个臭丫头也太会伤妈妈的心了！

斯暖暖瞪着圆圆的眼睛，看着脸上肌肉抽动的黎浅洛，感受到了她的不开心。

她有些疑惑，低着头思索了一下，如果再让她选择一次，她还会选择爸爸的。

因为爸爸真的对她超级好哦！并且还可以做自己的超级英雄！

但是妈妈呢？不是妈妈不好，当然也很好，但是只能选择一个，她当然选择爸爸啦！

“妈妈，你不要伤心，暖暖很爱你和爸爸的！”斯暖暖抱了抱半蹲在地上的黎浅洛。

黎浅洛看着女儿的小脸，暗叹了一声，她问这个问题简直就是自己找虐，受到了一万点伤害。

撇开所有不开心，黎浅洛拉着女儿往屋内走去。

暖暖说她的小房间装修好了，她要带着妈妈去看看，里面可漂亮了！

给暖暖装修的儿童房就是斯靳恒卧室的隔壁，连门都换成了带有粉色Hello Kitty的精致木门。

打开房间门，黎浅洛感觉自己仿佛进了一个小公主的世界。

清一色的粉色和白色装修，墙上的壁纸，全部都是粉色白色的Hello Kitty的图案。

奢华的吊灯，地毯，所有的家居，包括四件套、床上撑的幔帐什么的全部是粉红色。

最个性的就是她的床，完全就是一个Hello Kitty头部造型，圆圆的床上面带着两个耳朵。

四件套也是随着床的形状专门做的，她看到这样的床都想扑上去睡得昏天暗地。

往里面走还有专门的衣帽间，推开那个粉色的推拉门，衣帽间内放着各种国际名牌的儿童服装。

一年四季的衣服，整整齐齐放在衣帽间。

各种颜色的帽子，款式不同的鞋子就有几十双不止，围巾，手套，各种饰品……

里面还有一间小小的房子，是专门用来放暖暖的玩具的。所有的高档玩具，全部放在粉色的木柜上。

然后就是浴室，浴室内白色的圆圆浴池，旁边放着各种身体乳、沐浴露等，一瓶又一瓶地整整齐齐放在那里。

斯靳恒可真是有心，连安装的小马桶都是粉色的……

“妈妈，爸爸说现在暖暖可以睡在爸爸的房间，但是，以后妈妈要是来了，暖暖就要一个人睡到这里了。”斯暖暖不满地撇了撇嘴巴，她一个人睡一个大房间，会孤单寂寞的，还会很可怜！

呃……黎浅洛仔细品味了一下暖暖说的话，斯靳恒说她如果来了，就让暖暖自己睡？什么意思？

第四十四章　我要向你求婚

他知道自己会来？还是什么？想到这里，黎浅洛嘴角忍不住勾起。

她可以理解斯靳恒把她也算进了这个家里面吗？

不过，想起他说不会把暖暖给自己，黎浅洛的所有美好想法都打破了。

他才不会对她这么好的，这样说估计只是为了哄哄暖暖而已。

在城堡和暖暖吃过晚饭，又给女儿洗了洗澡，已经晚上八点多了。

看着女儿熟睡的小脸，黎浅洛真的很珍惜和暖暖在一起的每一分每一秒。

晚上十一点，正当黎浅洛靠在床边就要睡着的时候，猛然感受到身边一股冷气袭来。

她立刻睁开眼睛，只见斯靳恒站在床边，正面无表情地看着她。

黎浅洛的眼神还有点迷茫，不过没有几秒钟就反应了过来。

她是在斯靳恒的庄园，被他的人接了过来。

再看看熟睡的女儿，她从口袋里摸出一个东西，然后主动拉上男人的手，两个人一起出了卧室。

阳台上，天空中繁星点点，海风吹来，黎浅洛打了个冷战，想到自己接下来的举动，她为自己捏了把汗。

男人穿着灰色衬衣，慵懒地靠在阳台的椅子上。

黎浅洛紧紧攥着手中的东西，为了女儿她豁出去了！她忽然单膝跪地，说道："斯靳恒，我要向你求婚！请你娶了我！"

斯靳恒满脑子问号地看着单膝跪在自己面前的女人，他斯靳恒活了二三十岁，居然被一个女人求了婚？！

黎浅洛看着男人黑到极限的脸色，暗叫完了！

果然！斯靳恒一把将她扯起来按在墙上，凶狠地说："黎浅洛，你是不是活腻了？”

而黎浅洛主动忽略他的怒气，不由分说地拉过男人的大掌，把那个从小学门口商店里买来的塑料戒指戴到男人的无名指上。

对！小商店买来的塑料戒指！

只是，戒指有点小，刚戴到第一个指关节，就下不去了。

斯靳恒看着手指上那个塑料戒指，脸色彻底黑透。

二话不说，取下那个塑料戒指大力扔了出去！

黎浅洛失望地看着被扔掉的戒指，果然失败了。

其实，她自己都没信心会求婚成功。所以，为了不浪费买钻戒的钱，她只得先随便买个来凑合凑合。

想着如果斯靳恒真的答应了，让她买个十克拉的钻戒，她都不介意的！

看着渺茫的大海，黎浅洛捋了捋长发，算了，失败就失败吧！

她就知道是这样的结果，反正就他们两个人知道，她也不嫌丢人！

女人慢吞吞地往卧室内走去，被斯靳恒一下给拉了回来，再次把她抵在墙上，狰狞地看着她，“侮辱过我就想走？”门都没有！

她好冤枉啊，绝没有侮辱他的意思！可能就是戒指太便宜了……但那不是怕他不答应，浪费了钱吗？

她摇了摇头，蔫蔫地回答：“斯总误会了，我是为了暖暖好，才这样做的。”

她的意思是，她向他求婚想复婚，完全是为了暖暖？

无形中男人的火气更大了，低头吻上黎浅洛的红唇，准备慢慢地惩罚她。

黎浅洛却推开他，往外跑去。

不想娶她，还想泡她，斯靳恒还能再渣点吗？

男人把那个假装扔出去的戒指，不着痕迹地放进口袋。

然后两三步追上逃跑的女人，再次把她拉回来，霸气地将她压到阳台上的躺椅上。

“渣男！渣男！放开我！啊……唔……”

东方天色发白，斯靳恒把睡熟的女人抱进浴室，然后又吩咐私人飞机在庄园等候。

一个小时后，黎浅洛在睡梦中躺在了飞机内的床上。

一觉醒来周围很安静，她看着机舱，猛然清醒，这是斯靳恒的私人飞机！她立刻跑到窗边往外一看！

果然！那个混蛋又把她送回了A国，而飞机不知道什么时候已经停在了黎家别墅区。

爷爷拄着拐棍的身影逐渐靠近，黎浅洛不顾发软的双腿，连忙跑出机舱休息室，接过保镖递过来的包包下了飞机。

“爷爷！”黎浅洛笑眯眯地迎了上去，然后不由分说地扶着黎琅年往屋里走。

黎琅年好奇地看着那架缓缓滑动的飞机，问道：“浅洛啊，那是谁的飞机，你昨天去哪了？”

黎浅洛有点尴尬，但是想起自己又是以出差为借口，连忙说：“我去了C国那边的总公司出差，因为今天这边公司有急事，来不及订机票，所以，我们总裁让私人机送我回来的。”

黎琅年恍然大悟地点了点头，任由孙女搀扶着往别墅走去，装作若无其事地问道：“你们总裁不是斯靳恒吗？”

黎浅洛无语地看着坏笑的爷爷，她好像挖了坑自己跳了进去。

“爷爷，我只是去看了看暖暖而已。”她嘟着嘴巴低声解释。

黎琅年停下脚步，问道：“暖暖还会回来吗？”其实，他想问的是，他们两个的事情什么时候能确定下来。

这段时间，C国那边又有传言，斯靳恒要和Z国夜家大女儿订婚。要真的是这样，他就算哪天进了棺材，也不会原谅阿恒那个孩子！

黎浅洛眨了眨眼睛，心虚地安慰黎琅年：“会啊，我们很快就会解决现在的麻烦。”这只是她想象的而已，想起昨天晚上求婚失败反被折磨的事情，黎浅洛就心塞。

黎浅洛的生活又恢复如常，除了暖暖不在身边，其他的并没有什么大的改变。她每天三点一线地上下班，枯燥而无趣，疲惫而努力。

斯靳恒那个男人比较神秘，基本上从来都联系不上他，就算是想和暖暖聊天，每次也都是暖暖主动打电话过来，这点让黎浅洛很是郁闷。

有一天，黎浅洛给自己安排了一趟出差之旅，目的是C国。

她以出差为由，和暖暖通了电话，并商量好等她到C国以后两个人悄悄见面。斯暖暖也答应了，并在黎浅洛刚抵达C国的时候给她打了电话。

酒店内，黎浅洛接通电话，暖暖的声音从那边传了过来，“妈妈。”

黎浅洛特别激动，因为女儿果然给她打电话了。“暖暖，我的宝贝儿。”

“妈妈，我肚肚饿了，想吃比萨，妈妈带我去好不好？”她念着刚才被大人教过的话。

饿了？“没人给你做饭吗？”她担忧地问道。

暖暖摇了摇头说：“杜奶奶晚上做的饭，我不想吃，我就想吃比萨。”听着她的转述，旁边沙发上的男人眼中划过一抹笑意。

他的暖暖好棒！

黎浅洛当然不会拒绝她的宝贝儿，但是答应之前，她还是问了一句：“你爸爸呢？”她不想看到那个臭男人！

斯暖暖犹豫了一下，只说了俩字：“公司。”其实斯靳恒刚从公司回来。

黎浅洛以为斯靳恒还在公司，二话不说地交代女儿：“你让司机伯伯把你送到酒店，我在门口等你。”她之前见过两次斯靳恒庄园的司机，挺好的一个人。

“嗯，好的！”斯暖暖挂掉电话，小跑着扑到斯靳恒的身上。

“爸爸，我把妈妈搞定了！”

斯靳恒抱起女儿，在她的脸蛋上亲了一口，父女俩往楼上走去，“好的，我的暖暖最棒了！爸爸这两天带你去游乐场，好不好？”能天天看到女儿脸上的笑容，是他的追求。

斯暖暖开心地拍了拍手欢呼道：“好耶好耶！我要坐海盗船……”

“好的，爸爸陪你。”

“爸爸，还有摩天轮哦！”

“没问题！”他有必要再为女儿建造一个游乐场，里面有琳琅满目的各种设备，让她天天玩个够。

晚上六点半，黎浅洛已经在酒店路边等了十几分钟，一辆黑色的帝爵超跑稳稳地停在了她面前。

斯靳恒按下后车座车窗的按钮，暖暖的小脸露了出来，给她挥挥手说：“妈妈，快上来。”

黎浅洛看着价值不菲的超跑，正感叹斯靳恒这个土豪连给司机配的车都价值几千万。

听到女儿的催促，她冲着暖暖笑了笑，然后绕过车子走到另外一边，打开车门坐了进去。

“宝贝儿，除了比萨还想吃别的吗？”黎浅洛关好车门，把注意力全部放在女儿身上，完全忽略了主驾驶上的男人。

斯暖暖想了想说：“妈妈我又不想吃比萨了。”爸爸说带他们去吃妈妈喜欢的海鲜大餐。

黎浅洛笑了笑，小孩子的思想变得真快，宠溺地说道：“好啊，想吃什么，妈妈都带你去。”

不过……总感觉车里面有哪里不对劲。

“我要吃海鲜大餐！”斯暖暖在儿童椅内，做了一个超人的造型。

逗得黎浅洛哈哈大笑，说：“好的好的，咱们就吃海鲜大餐好不好？”但是她不知道C国好吃的海鲜大餐在哪。

“好的，妈妈！”暖暖搂着她的脖子，吧唧亲了一口。

黎浅洛欣慰地揉了揉女儿的小脑袋，然后对着前面的男人说：“田师傅，麻烦你帮忙找个海鲜店。”不对，这个背影和侧脸怎么那么熟悉？

她往一边歪了歪身体，又好奇地往前凑了凑，这一看不得了！

斯大总裁这又是玩的哪招？默默地当司机？

她把目光放在捂着嘴偷笑的女儿身上，“暖暖！”她没好气地叫了一声，这俩人居然合起伙把她给骗出来！

斯暖暖捂着嘴巴，呜呜啦啦地说：“不是我，不是我。”立刻和自己撇清关系。

黎浅洛把目光放回主驾驶男人的身上，严肃地开了口：“斯总，请问这是什么意思？”说实话，刚才看到是斯靳恒的那一刻，她居然有点……惊喜？

第四十五章　可真没出息

不过那是什么鬼反应？黎浅洛，你可真没出息！

斯靳恒熟练地操控着方向盘，淡淡地开口："我是我女儿的司机。"

她还能说什么！那他等会儿到饭店最好不要下车！

海鲜店门口，斯靳恒解开安全带，很自然地下了车，接着就打开后车座的门把女儿抱下车。

最后过去给怔愣着的黎浅洛打开车门，等着她下车。

黎浅洛受宠若惊地看着给自己开车门的男人，她可真是沾了女儿的光！

一家三口从车上下来，斯靳恒带着母女俩走进了饭店。

二楼包间很大装修很豪华，坐着他们一家三口，绰绰有余。

经理给泡上最好的茶，然后把菜单递给斯靳恒，让他定菜品。

斯靳恒直接把菜单放在黎浅洛的面前，让她来。

黎浅洛也没矫情，先按照暖暖的口味，来了几个不辣的好消化的菜品。

然后又点了些虾，扇贝，各种鱼什么的。

最后，把菜单重新放在斯靳恒面前。

斯靳恒看也不看一眼，吩咐道："就这些，开始做吧。"

"好的，斯总请稍等！"经理带着菜单离开了包间。

经理前脚刚离开，后脚黎浅洛就瞪着若无其事喝茶水的男人。

"斯总，我们母女难得的独处时光，你也要打扰吗？"

男人放下水杯，长臂放在她背后的椅子上，看上去像搂着她一般，说道："司机也要吃东西的！"

这理由可真是棒极了！

"对啊，妈妈，我不想让爸爸饿肚子。"斯暖暖小声地帮腔，让黎浅洛很是心塞。

这个小叛徒，小没良心的，完全站到了斯靳恒的那边。

那好吧！就这样吧！

黎浅洛无奈地从椅子上站起来，刚迈开第一步，手腕就被一个大掌拉住。

她疑惑回头地看着男人，斯靳恒幽深的眼神直直地盯着她，口气微冷地说："哪都不能去！"

黎浅洛有点想笑，故意问："卫生间也不能去吗？"

她的表情似笑非笑，男人握着她手腕松了一些，故作发怒，"你这是在笑话我吗？黎浅洛。"

斯暖暖在一旁笑嘻嘻地看着爸爸妈妈，三个人在一起她好开心哦！

黎浅洛先坐回位置上，像发现新大陆一般看着斯靳恒说："斯先生，你居然脸红了！"

男人又是一记警告的眼神丢了过来，黎浅洛抿嘴偷笑，转身去了卫生间。

从卫生间出来的时候，斯靳恒正逗得暖暖咯咯直笑。

她贪婪地看着这温馨的一幕，这么幸福的时刻要是能定格成永恒该多好！

此刻的黎浅洛也忘记那些烦恼事，专心地陪着女儿和……她曾经的男人。

坐回自己的位置上，男人大掌放在她的脖颈上，把她的头拉向自己轻轻地吻了上去。

斯暖暖立刻在旁边拍手笑话他们，"男生吻女生，羞羞羞！"

黎浅洛脸色微红地推开男人，斥责他："孩子在这，干吗呢？"

男人闻言挑眉，戏谑道："暖暖不在这，就可以了？"

黎浅洛娇嗔地瞪了一眼男人，阴阳怪气地回答："斯总，你那么多女人，会在意我这个前妻？"

想起那些女人，她的醋坛子又被打翻，臭男人就知道招蜂引蝶！

斯靳恒忽然转过来直勾勾地望着她，"给你这个前妻转正如何？"

转正？黎浅洛傻眼了，他的意思是……要复婚吗？男人的眼神深邃而又神秘，一时间她还真不知道他是不是在开玩笑。

但是，上次她向他求婚，他不也拒绝了吗？“不好！”她拒绝得很干脆。

男人闻言，脸色黑了黑说：“黎浅洛，别不知道好歹！”

说完他慵懒地靠在椅背上，闭上眼睛假寐，让黎浅洛看不到他眼睛里的情绪。

她不知道好歹？黎浅洛撇了撇嘴，不知好歹的是他吧！

她可是求过婚的，他不也没答应吗？撇开戒指不说，重要的是诚意对吧？

他不照样拒绝了，还好意思说她！

“斯总，您这厚脸皮能被子弹打透吗？”

男人没有睁开眼睛，只是紧紧地握住了她的小手。

本来是一件很浪漫很幸福的事情，但是随着斯靳恒的力道加深，黎浅洛开始嗷嗷叫：“疼，疼……”

一直在一旁玩着玩具的斯暖暖看着奇怪的两个大人，开口道：“爸爸，不要打妈妈。”

妈妈说疼，肯定是被欺负了。

听到暖暖的话，斯靳恒放松了力道，还给黎浅洛揉了揉发痛的小手。

女人无语，这就是所谓的打了一巴掌，再给一个枣吗？

夜渐渐地深了，到了暖暖该睡觉的时间。斯靳恒让她跨坐在自己的脖子上，托着她去了二楼卧室。

暖暖今天很高兴，讲睡前故事的时候，爸爸妈妈一左一右地陪着她。

前一刻还在哈哈大笑的小人儿，下一刻很快地就进入了梦想。

在C国陪伴了几天暖暖，黎浅洛很开心地回到了A国。

只是刚回来第二天早上，只感觉头重脚轻，一个没站稳，重新跌坐在床上。

她揉了揉发疼的太阳穴，感觉有点不对劲，好像是感冒发烧的症状。

但是也没多想，想着洗个冷水脸清醒一下就好了。

九点多的时候，黎浅洛才赶到公司。

今天约的有重要客户，她忍住感冒带来的严重不适，拿着文件夹步伐匆匆地去了会议室。

到的时候客户果然已经在等了，还好有助理在接待。

两个人寒暄了一下，就开始进一步谈合作事宜。

从会议室出来的时候，已经是两个小时以后了，助理把客户先送了出去。

而黎浅洛脑袋昏昏沉沉地趴在办公桌上，想着等下要去药房拿点药。

助理送完客户回来，看到趴在桌子上的女人，担忧地问了一句："黎总，你没事吧？"从她踏入会议室的那一刻，脸色就红得异常。

黎浅洛头都抬不起来，还是勉强着摇了摇头说："谢谢，只是头有点沉，我等会儿去药店拿点药就好了。"

她努力让自己坐直身体，然后收拾了一下文件夹，抱着文件夹从椅子上站了起来。

接着只感觉双臂无力，文件夹掉落在地上，然后双腿一软眼前一黑，就什么都不知道了。

助理着实被她吓到，叫了几声黎经理都没反应，连忙出去叫来一个同事，把黎浅洛送到医院。

黎浅洛在公司晕倒的事情迅速在公司传开。

这个消息在黎浅洛被送到医院的时候，公司微信群也炸开了锅。

允起看着大家你一句我一句地议论着黎总，然后翻看着群里的聊天记录。

立刻跑进总裁办公室，斯靳恒正在接电话，看到允起冒冒失失地闯进来，皱了皱眉头。

接触到斯靳恒不悦的眼神，允起才反应过来自己是闯进来的。

他站直了身体，尴尬地整理了一下自己的着装。

"嗯，这个合作我会注重。"斯靳恒淡淡地向电话那头的对方承诺。

半天等不到他挂电话，允起只得翻出聊天记录，把最重要的一句话放在屏幕中间，默默地递到斯靳恒眼前。

"戴总，这件事情就先这样，我这边有急事，这两天再和你联系。"然后电话被挂断。

“怎么回事？”他盯着允起手机上的那句话：同志们，黎总刚才在会议室晕倒了。

允起摇了摇头说：“我也是刚看到，就过来向你汇报了。”

斯靳恒冷峻的脸上划过一抹焦急，拿着手机往办公室外走去，吩咐道：“立刻启动飞机，打听出来她在哪个医院。”吩咐过允起后，他又拨通慕若烟的电话，交代今天晚上让暖暖先在老宅待着。

医院里的普通病房内，黎浅洛静静地躺在病床上，旁边输着水，但是人还没有醒过来。

送她过来医院的同事没有经过她的允许，不敢把她送去高级病房，只能先放在普通病房。

当斯靳恒西装革履，踩着崭新的皮鞋踏进病房的时候，立刻吸引了所有人的注意力。

男人身上散发的霸气和冷意，让病房内的人全部禁了声。

他的身后还跟着一大堆院长，主治医师，护士什么的医护人员小心翼翼待命。

身后的院长立刻走到前面，恭敬地开口：“斯总，黎总在302病床。”

然后搓着双手不安地站到一边，前几年SL集团还给他们医院投资了一笔巨额资金。

这个可是大财主，所以他就亲自出来迎接。

男人没有理会院长，一眼就看到孤零零躺在角落病床上的那个小女人，再看着周围的环境，不悦地皱了皱眉头。

不顾众人惊呆的眼神，抱起依然昏迷的女人，旁边的主治医师立刻有眼色地举起黎浅洛的点滴瓶。

院长也很有眼色，吩咐身边的护士长：“去给黎小姐安排高级病床！”

高级病床在八楼，护士长立刻跑到护士站给八楼护士站打电话，而院长亲自带着斯靳恒出了病房，一行人浩浩荡荡地往八楼走去。

斯靳恒前后出现在普通病房不到两分钟，却被病房的人议论了好久好久。

医院走廊内许多人看到以斯靳恒为首的这种阵势，都自觉地立刻让步。

而抱着黎浅洛的斯靳恒只是冷脸听着院长汇报着她的情况。“病人送来的时候，高烧41℃，已经昏迷，目前烧退了一些，就等病人苏醒再次做检查，才能确认其他的具体情况。”

高烧41℃？这个女人是猪吗？居然会让自己烧到41℃，还在公司昏迷！

第四十六章　高烧41℃啊

斯靳恒很生气脸色很难看，感受到他身上的冷气，所有人都下意识地后退了一步。

跟在人群里的允起，早就溜去办住院手续了。

高级病房内，斯靳恒轻轻地把女人放在病床上，给她盖上被子。

看到点滴瓶被固定好，斯靳恒对着身后的人挥了挥手，高级病房内没有半分钟就剩下两个人。

男人坐在床沿，看着脸色依然不正常的黎浅洛，大掌放在她的脸蛋上，轻轻捏了捏。

眼睛里满是柔情地轻声说："黎浅洛，你是猪吗？"

这个笨女人，他不在身边，就不会好好照顾自己吗？

黎浅洛一觉醒来，天都黑了。

揉了揉迷糊的眼睛，打量了一下周围的环境，她这是在哪里？

卫生间的门被打开，一个穿着白色休闲衬衣的男人从里面走了出来。

黎浅洛感觉自己看错了，或者出现了幻觉，要不然她怎么会看到应该在C国的斯靳恒？

重新闭上眼睛再睁开，男人已经站在床边直勾勾地看着他。

再闭眼，再睁开。

"不用闭了，就是我，没看错。"他居高临下地看着来回眨眼的女人。

呃……这好像是医院，再看看点滴瓶，开口问道："我怎么了？"

怎么了？"你还好意思问？"斯靳恒脸色微变，真想一巴掌拍到她身上好好教训她。

她怎么就不好意思问了？黎浅洛迷茫地看着男人生气的脸色，然后又听到他说："高烧41℃，黎浅洛你是猪吗？"一个快要三十岁的女人，会让自己高烧41℃，笨得够可以了！

啊？高烧41℃啊，黎浅洛也被自己吓了一跳。

怪不得早上醒来就不对劲，她还以为只是感冒。

想到这里，她委屈地看着男人说："我都病了，你还对我这么凶！"

看到她一脸的委屈，斯靳恒无奈地收回了怒气。

将她扶起来靠在床上，把她安置好，自己走到一边的茶几旁，打开黎家保姆送来的营养粥，给她盛了一点端了过来。

望着真真切切在自己面前的斯靳恒，黎浅洛有些疑惑地问："我发烧，你怎么知道？"

斯靳恒搅拌着碗中的粥，掀起眼皮看了她一眼说："整个公司都知道了。"

……至于吗？哦！可能是因为她昏过去了，动静太大了吧！

"张嘴！"男人坐在床边，吹了吹勺子里的粥送到她的嘴边。

黎浅洛乖乖地张开嘴，吃掉他喂的粥。

"我女儿呢？"

斯靳恒又喂了她一口，才淡淡地开口："我女儿在她爷爷奶奶那里。"

在暖暖这件事情上，两个人一直达不到共识，一个说是他女儿，一个说是她女儿。

黎浅洛不满地撇了撇嘴，又喝下一口粥说："我都生病了，你还跟我抢女儿。"女人可怜巴巴地看着男人。

斯靳恒根本不去看她的眼神，冷硬地回答："你又死不了！"

这一刻，她真的想拿着扫把把他给赶走，狠狠地说："你不心疼我就算了！还这样说我，你走！"

黎浅洛立刻红了眼圈，然后在心里暗自酝酿着情绪。

这尊大神是顺毛驴，吃软不吃硬，她得表现得可怜一点，要不然大神才不屑施舍给她一点心疼！

扫到她含着眼泪的眼睛，斯靳恒的心微微一痛，放下手中的碗给她擦了擦眼泪。

语气里尽是温柔和无奈，“哭什么，多大的人了，我女儿都比你坚强。”他还真没见过暖暖这么多眼泪！

这个女人是水做的吧？眼泪说来就来。

黎浅洛的眼泪之所以会说来就来，不是因为她是水做的。而是因为她曾经可是火极一时的演员！要是没这点能力，还怎么拍戏！

她不依地抱住他的腰，趴在他怀里撒娇说：“我女儿是不是你心里最重要的人！”

男人大掌顺着她的长发，嘴角勾起宠溺的微笑，笑意直达眼底，答道：“当然！”

病房内很安静，黎浅洛趴在他的怀里，能感受到他铿锵有力跳动的心脏。

贪恋这一刻的宁静，也懒得去反驳他的话。

男人抬起她的脸蛋，低下头吻上她的红唇。

他的小女人，挚爱的小女人，是时候让她给暖暖生个弟弟妹妹了。

斯靳恒在A国待到黎浅洛退烧准备出院，把她交给黎家长辈后才回到C国。

不过让他没想到的是，半个月后接到黎浅洛的一个电话。“斯靳恒，暖暖你到底给不给我？”这次黎浅洛真的毛了。

“不给。”他怎么会给？他不但不给她暖暖，还要把她也接回来。

女人气结，威胁他：“你要是不给我就去告你！”

“欢迎来告！”

黎浅洛就知道不能打这个电话，电话结束她自己一肚子气。

哼，斯靳恒以为她不敢来真的是不是？那她就做给他看看！为了女儿她拼了！

所以，没几天斯靳恒就接到了法院的传单。

男人笑看法院的传单。

A国SL集团，公司门口各路媒体和记者早已等候多时，因为他们接到消息说斯靳恒有重大事情要宣布。

还有许多不明真相的群众把偌大的广场围得严严实实。保安无奈地拉了警戒线，还是很多人，现场沸沸扬扬的。

没有多久，众人身后传来一阵汽车鸣笛的声音，回头一看是豪车，纷纷让出位置。

就这样六辆大红色的豪车，并排着稳稳地停在SL集团门口。

车尾面对公司大门，车头朝着马路。

“我的天！玛莎拉蒂，法拉利，迈巴赫，帕加尼，阿斯顿，西尔贝！居然还有红色的西尔贝！”车迷们一眼把六辆全球限量版豪车认出。

这就开始炸了锅，接着从车上同时走下六位全部戴着墨镜穿着六色西装的男人。

“哇！好帅的男人！啊啊啊！受不了了！”

“妈妈呀，全世界最帅的男人都集中到这里了！”

六辆豪车同时打开后备厢，女人们再次尖叫！

其中三辆车内全部都是娇艳欲滴的红玫瑰！而其他三辆车内金黄色的玫瑰花更是在太阳下发出耀眼的光芒。

帅哥！豪车！金玫瑰！红玫瑰！场面简直美到爆！

此起彼伏的尖叫声，让场面一度失控。

跟来的保镖很快就把金玫瑰和红玫瑰在集团门口摆放成心形。

“这是要拍电影吗？那么隆重，这么多记者和摄像头？”

“不知道啊，大家都是闻风赶来的，果然没白来！”

“对啊，对啊，你看，那是黎优茺！我的妈呀，好帅啊！”

斯靳恒给黎优茺使了个眼色，黎优茺收到信号给他比了个OK的手势，奉命去请女主角，他是很乐意的！

公司内一片空旷，大部分的人都跑出来看热闹。

总经理办公室楼层还一片安静，三个秘书依旧忙碌着工作。

“嗨，美女们！你们好！”下了电梯的黎优茺帅气地冲秘书们打了个招呼。

“黎优芜！真的是黎优芜！”看到黎优芜，秘书们个个心花怒放，双眼冒红心。

“对，是我！快，下去看好戏！”黎优芜话说完，走进了总经理办公室。

看好戏？秘书们互相看了一眼，总经理弟弟的话，应该可以听的！收拾东西走人！

“你怎么来了？”黎浅洛看着突然出现的黎优芜，有些纳闷。

黎优芜一脸郁闷地摆了摆手，一屁股坐在她的沙发上，抱怨道：“别提了！哎！”

她好奇地看着弟弟，难道还在因为女朋友的事情难受？他们姐弟俩好可怜……

黎优芜看着她难受的表情，知道最近她也在为了暖暖的事情和斯靳恒打官司。有点不忍心，赶紧说道：“走，我带你去个地方！”

黎浅洛摇了摇头说：“你自己去吧！”她等着弟弟走了，还得准备去法庭的资料呢！

别不去啊！“姐，我知道你难受所以才带你去的，你不去你会后悔的！”他趴到黎浅洛的办公桌上，认真地看着她。

黎浅洛真的是什么心情都没有，看着电脑冲他摆了摆手说：“忙着呢，你走吧！”

黎优芜急了，催促道：“哎呀，你快点，有重要的事，大哥也在下面等你！”

看着真的急了的黎优芜，黎浅洛也很烦躁，只得答应：“好啦好啦，我去！真是的！”

其实黎浅洛的心是狂跳的，因为大哥也来了，看来他们知道了她要打官司的事情。

算了，知道就知道吧！

嘴里嘟嘟囔囔地拿上包，关掉电脑，很不情愿地走出了办公室。

“咦，秘书们呢？”她好奇地看着空空如也的秘书区。

“看她们忙，让她们去休息一会儿！”

黎浅洛面无表情地望着弟弟，问道：“你让我的秘书去休息了？”她忽然一巴掌拍到黎优芜帅气的发型上，“你知道不知道我们公司翘班是要扣工资的！”

黎优芜可怜兮兮地瘪了瘪嘴说：“钱我出还不行吗？”

黎浅洛真是气死了，狠狠地踩着高跟鞋往电梯口走去。

一楼大厅黎优芜捂上黎浅洛的眼睛，神秘兮兮地说：“姐，我们送你个礼物，你不要看。”

黎浅洛听着外面吵吵闹闹的声音，他们在干吗呢？

“黎优芜，你想找揍啊，我现在一点心情都没有，你给我松开！”她表情凶巴巴地出了公司，边走边扯着黎优芜的手。

“姐，你就不能老实点，我的手好疼啊！”

听到他的哀号，黎浅洛这才松开了掐着黎优芜的手，莫名其妙！她现在想发狂，谁都别拦她！

可是……她为什么听到了许许多多的尖叫声？

黎优芜站定后说：“姐，到了！你可以睁开眼睛了！”

揉了揉不舒服的眼睛，黎浅洛缓缓睁开。

第四十七章　求婚

只是她刚才好像出现幻觉看到了斯靳恒……

揉了揉眼睛，再睁开，斯靳恒依然笑容暖暖的看着自己。

莫名其妙，他是来接她去法庭的吗？

不过，不对！周围地上居然摆满了玫瑰花！还有内圈的那些是金……金玫瑰吗？

还有，哪来那么多人围观？围观什么呢？

斯靳恒身后站着五个西装颜色各异的帅哥，连黎优芜和黎优寒都在其中，到底什么情况？

黎浅洛懵了，打个官司至于这么多人吗？

身着白色西装的斯靳恒好笑地望着女人正一头雾水地看着周围的一切。

下一刻，斯靳恒忽然单膝跪地，拿出口袋里的锦盒打开。

眼尖的围观群众又开始了尖叫，因为盒子中那颗闪着耀眼光芒的钻石，足足有好几克拉！比金玫瑰还要夺目！

看到锦盒里的钻戒，黎浅洛脑袋里一片空白，有些傻眼。

他这是……后面的字她不敢去想！

心情像是在坐过山车，落下去又升上来……

“黎浅洛，嫁给我！”男人浑厚的声音在广场上响起，比平时高了几个分贝。

“啊！啊！答应他！答应他！”

“黎总，快答应斯总！”这是公司同事的呼唤，场面太震撼，他们看着都好激动！

“答应他！答应他！”周围的人异口同声地开始喊起来。

听着周围的声音，黎浅洛眼圈开始泛红，咬紧下唇思索自己是不是在做梦。

她爱了、等了、想了几年的男人，还要去争夺女儿抚养权的男人居然跟她求婚？

说好的打官司，法庭见呢？

周围的呼唤声越来越大，黎浅洛的眼泪也像是断了线的珠子往下落。

她傻乎乎地咬了咬自己的手指，很疼！所以，她真的没看错，斯靳恒的确是在跟她求婚！

许久之后，黎浅洛看着微笑的男人，稳定了一下自己的情绪。擦掉眼泪倔强地开口："我不答应！"女人凌厉的声音让众人逐渐安静下来。

"对！斯靳恒，我不答应，我不答应！"她流着眼泪拒绝了好几遍，凭什么他说娶她，她就必须要答应他！

她向他求婚的时候呢？他不是拒绝了她？

她不按常理出牌让众人有些傻眼，不过斯靳恒也没有任何不悦，他爱的小女人就是个性，他知道。

斯靳恒拉着她的手霸道宣布："你必须答应我！"他认定了她是他的女人，怎么可能放过她！

黎浅洛冷笑，斜着眼看着依然单膝跪地的男人，说："斯总，别忘了马上到我们法庭见的日子，过了今天以后咱们两个井水不犯神仙水！"

神仙水？什么鬼？斯靳恒哑然失笑。

"不答应吗？"他突然从地上站起来和她相对而立。

黎浅洛倔强地看着他。"不答应！"虽然心底早就有个声音大喊着答应他，答应他，但是，黎浅洛就是不想这么便宜了他！

接下来斯靳恒一个动作，令全场再次沸腾起来，一点都不亚于一个国际明星开演唱会的气氛。

斯靳恒将女人揽在怀里堵上她的红唇，任由她各种挣扎，他就是不放手。

良久之后男人还没有松开对女人的控制，额头和她的互抵，说："答应不答应？不答应我就吻到你怀疑人生！”

黎浅洛想挣开他，奈何男人的力气太大。

斯靳恒摩挲着她的脸颊，哑着嗓音开口：“黎浅洛，对不起！”

他突如其来的道歉，让她难过极了，不依不饶地踮起脚，揽上他的脖子，在他肩上狠狠地咬了一口说：“斯靳恒，你是个大坏蛋！”

他永远都不会知道她等了这句对不起有多久！

“嗯，我坏蛋！”他紧紧地搂住她，任由她狠狠地咬自己，绝不反抗！

等到她哭够了，他拉过她的手不由分说地给她戴上钻戒，再次低头封住她的红唇。

终于等到了这一刻，全场沸腾！

“啊！我的男神和女神在一起啦！”

“哦！我的心脏病要犯了，我太激动了！”

“天啊！有情人终成眷属了！”

接下来所有娱乐头条都是这个视频，黎浅洛和斯靳恒成功得到所有人的祝福。

斯靳恒的速度很快，求婚刚成功，就让黎浅洛跟黎家人打招呼，他要去提亲。

提亲那天，按照斯靳恒的交代，黎浅洛没有去公司，在家老老实实地等着他来提亲。

当斯老爷子、斯家贤夫妇、斯靳恒和斯暖暖到黎家别墅的时候，黎家所有人也都正襟危坐地等着了。

斯暖暖看到许久不见的黎家人，开心地扑到每个人的怀里。

一阵寒暄过后，斯靳恒和黎浅洛坐在一起。

他拿出自己准备好的东西，推到黎贺翔和龚安琪的面前，真诚地说：“叔叔阿姨，这里是一张支票，是我娶浅洛的聘礼之一。”

黎家所有人都震惊了，连平时情绪不外露的黎优寒也难掩惊讶。

黎浅洛立刻捏了捏身边的男人，小声地说：“你疯了！”这么大额的支票！

我的天！不行，黎浅洛感觉自己整个人都懵了。

斯靳恒安慰地拍了拍她的手，示意她少安勿躁，然后又拿出一个档案袋。

里面是一份SL集团股份转让协议书，斯靳恒一个人持有百分之六十的股份，现在百分之二十转到黎浅洛的名下，百分之二十转到斯暖暖的名下。

黎浅洛彻底懵了。

这个男人为了娶她还真是下了血本啊！

斯家人基本也没什么意见，毕竟这是斯靳恒自己赚的钱，他自己说了算！

聘礼拿出来以后，斯靳恒又跟各位长辈请求："爷爷，叔叔阿姨，我打算带着浅洛和暖暖去C国在那边定居，希望你们能同意。"

斯靳恒这个请求让黎家人沉默了，他们肯定舍不得她们母女俩的。

不过，他们也都做好了心理准备，毕竟黎浅洛是女儿，早晚都会有这一天。

黎贺翔点头道："的确是该在那边，以后逢年过节要回来看看！"

"那是肯定的。叔叔，我打算先和浅洛一起去办理复婚，择日在C国举办婚礼。"一场隆重的婚礼是需要时间精心安排的。

龚安琪看着斯靳恒把一切都安排得很妥当，满意地点了点头。

后来两家人又商量了好久，最后才全部谈妥。

斯靳恒天价娶妻的事情很快传遍了整个A国，然后是C国，接着是全世界……

所有的女人都在羡慕黎浅洛。

黎浅洛带着斯靳恒去了她的房间，一间天蓝色装饰的房间映入眼帘。

主题装修颜色就是天蓝色和白色，几十个平方米的卧室，显得很温馨。

他也看出来了，黎浅洛和他一样，都有着轻微的洁癖。

看看她的房间就知道了，不只是一尘不染，而是特别的干净。

让他坐在白色的单人沙发上，黎浅洛在他腿上坐下，揽着他的脖颈说："其实……没有必要这么大费周章的！"他的心在她身上，她就满足了。

男人食指放在她的唇上，傲娇地宣布："我愿意。"

从此，他要给她们母女两个世界上最好的东西！

黎浅洛无奈地说："你就不怕我卷着你的股份还有聘礼跑了？"

男人笑了笑，很霸气地回答："你这一辈子都不可能逃离我的手掌心！"

好吧！她对着空中翻了个白眼，其实，她也没想跑的。

两个人的复婚很快就办理好了，紧接着就是拍婚纱照。

结婚当天穿的主婚纱，斯靳恒早就吩咐人开始做了。所以他们这趟去婚纱店专门挑选拍摄婚纱照时用的婚纱以及礼服。

婚纱照是旅行拍摄，地点安排在法国、马尔代夫以及瑞士等几个国家。时间安排得很宽松，可以边玩边拍摄。

婚纱照的事情完全搞定已经是晚餐时间，斯靳恒很主动地带着黎浅洛去吃她喜欢的火锅。

黎浅洛很干脆地点了很多自己喜欢吃的菜，也没有问斯靳恒的意见，直接向服务员说道："锅底超辣，谢谢。"

男人听到超辣两个字，胃不着痕迹地抽了抽。

不过也没有说什么，她开心就好，她开心他就开心。

片刻后，斯靳恒看着红彤彤的锅底，皱了皱眉，不过，为了老婆他拼了！

黎浅洛异常热情，给斯靳恒夹着各种涮菜放进他的碟子内。

她记得这个男人不能吃辣，好不容易找到机会，她就是故意整整他。

"吃完了这些，今天晚上跟我走？"男人靠在椅背上，慵懒地看着对面的女人，故意调戏她，三句不离一个话题。

第四十八章　我会很温柔的

黎浅洛吃了口丸子，冷哼道："斯总是又想折磨我吗？"

男人露出一个邪魅的笑容说："洛洛，我会很温柔的。"

黎浅洛面无表情地咽下口中的丸子，又给他夹了许多菜品说："先把这些吃了再说。"

斯靳恒喝了一口白开水，无奈地拿起筷子，面不改色地把盘内的涮菜全部吃下肚。

黎浅洛继续夹菜，他继续吃，只要是她夹的，他全都吃了，就算是去医院，也得让她陪着！

最后火锅吃完，黎浅洛面不改色，斯靳恒旁边的水已经喝了好几杯。

两个人一起走出火锅店，斯靳恒给她打开车门让她先坐了进去。

黎浅洛注视着表情没有任何异常的男人，暗自感叹他可真能忍！

"斯总，去喝两杯如何？"她继续火上浇油。

斯靳恒闻言挑眉，看来他不进医院，她是不甘心！

"晚上跟我走，我陪你喝个够！"他直勾勾地看着她，话中有话。

她压下笑意，故意逗他说："不了，我晚上有约，斯总把我送回去就走吧！"

有约？斯靳恒压抑着胃绞痛，阴沉地看着她问："和谁？"

女人无奈地说："斯总，拒绝你的意思都听不出来吗？"

"去医院！"

黎浅洛这才发现男人的额头上，布满了细细的汗珠。脸色略微苍白，瞬间她就慌了。

虽然刚开始就是抱着整整他的心态，但是看到他这个样子，她还是很难过的。

现在是真的出了事情，一时间黎浅洛不知道该说什么才好。

医院内，黎浅洛挂完号，和斯靳恒一起进了高级病房。

医生交代完注意事项就离开了，黎浅洛跟着医生往外走去，却被身后的病号叫住："洛洛，我可是病号！"

男人难以置信地控诉。

她这是也要离开吗？看到他输液，她就没有一丝愧疚或者心疼吗？

女人叹了口气，她只是去问问医生他具体的病情而已。

她回过头在病房门口站定，故作很无情。

心塞的滋味让斯靳恒很不好受，当年他为了莫雅薇那样对她，她肯定更难受吧？

他对她招了招手，黎浅洛还只是定定地看着他，没有一点要动的意思。

男人脸上露出苦笑，她心里划过一抹不忍，不自觉地往里面走去，安慰道："好啦好啦，逗你的！"

斯靳恒这才露出只属于她的笑容，长臂揽住她的腰，脸颊贴在她的肚子上。

女人好闻的味道扑鼻而来，这一切让他觉得幸福得很真实。

斯靳恒想起来一件很重要的事情，轻声告诉女人："洛洛，以后让我用一辈子来弥补你！"

从此以后真正地去呵护着她宠着她，再没有不信任！

"说到做到？"她是真的再也伤不起了。

男人向她保证："如果我再对不起你一次，就让我斯靳恒不得……"好死！

他最后的两个字消失在喉间，女人捂住了他的嘴巴。

黎浅洛无奈地回答："我相信你！"

斯靳恒拉开她的手，在她唇上亲了一下，表白道："我爱你老婆！"

黎浅洛露出甜蜜的微笑，她也爱他。

待斯靳恒身体痊愈，黎浅洛才回到A国。

在这期间，莫雅薇因故意伤害、绑架等罪名进了监狱，事情被媒体大肆报道，全世界的人都知道了。

而赫连宇拓，在斯靳恒的打压下，不得不放弃黎浅洛，转身娶了一个一直爱慕他的女人。

大婚当日，他还受邀去参加了他们的婚礼。

黎浅洛和陆梓熙碰了个杯，将杯中的果酒一饮而尽，她率先说道：“真是很抱歉，一直说请你吃饭都没时间，今天终于找到机会了！”

陆梓熙给两个人的酒杯添满，浅笑道：“没关系，你这不是要结婚了吗？能理解，恭喜啊，准新娘。”

“恭喜什么啊，只是复婚而已！”

陆梓熙挑眉说：“复婚就不开心吗？”

黎浅洛哈哈一笑，脸上带着幸福说：“当然开心，兜兜转转了好几年，我们还是要在一起了！真好……”

“的确很好，告诉你一个秘密。”灯光下陆梓熙的表情显得有些神秘。

黎浅洛疑惑地盯着他问：“什么秘密啊，这么神秘？”

“我也要结婚了！恭喜我吧！”陆梓熙大大方方地宣布！

“哇！真的吗？是谁啊？今天怎么没把她带过来？一起吃个饭，让姐姐我见见啊！”

陆梓熙吃了口菜，脸上的笑意怎么都遮挡不住，说：“着什么急，早晚都会让你见的！”

“说好了啊！万一我以后到C国生活了，你必须带着女朋友去C国让我见见，我好歹也是你姐姐！”黎浅洛是真的为他高兴，陆梓熙孤家寡人到现在，终于听到了他要结婚的好消息。

姐姐……陆梓熙细细品了一下这个称呼，最后将杯中的酒一饮而尽，爽快地答应：“没问题！”

“我哥和晚晚也要结婚了！你知道吗？”

陆梓熙摇头道："你哥和晚晚到底怎么回事我都不太清楚，他们怎么会凑到一块？"

黎浅洛想起之前的事情，感叹一声，简单地给他解释："他们两个是缘分！当初我大哥和晚晚有过一面之缘，晚晚就对他芳心暗许了，一直痴痴地等着他。我当然想让晚晚嫁过来啊，我就让我哥去提亲，结果他们就在一起了啊！"

"这样啊，还挺戏剧化的！"陆梓熙佩服地点点头。

"我也这么觉得，嘻嘻，不过以后你和晚晚都在A国，我也会经常回来看你们的！"她和晚晚、陆梓熙是永远的好闺蜜！

陆梓熙举杯说："来吧，为了我们的友情，干杯！"浅洛，愿你永远幸福！

"干杯！"两个酒杯碰在一起，愿彼此都幸福。

黎浅洛为了自己的婚礼做准备，在A国的工作，已经开始做交接。

接手她工作的人，是斯靳恒亲自安排的，能力很强，黎浅洛很放心。

这样忙来忙去，黎浅洛和女儿老公又是将近十天未见。

男人又开始出幺蛾子了。

"老婆，你女儿想你了！"

斯靳恒打着女儿的旗号，过来招惹她。

黎浅洛果断地回绝："你又不想我，我不去！"

斯靳恒只得承认："老婆，我也想你了！"

得到他亲口承认，黎浅洛偷偷笑了。

飞机慢慢地停在C国斯家庄园门口，黎浅洛从飞机上走下来的时候，斯靳恒已经在门口等着她了。

男人西装革履地站在通往庄园的路上，看到那个白色的身影，眼中笑意加深。

她拿着白色的名牌包包，踩着高跟鞋，一步步地朝他走过来。

脸上幼稚的表情和她此刻的优雅气质非常不符，黎浅洛纳闷地看着眼前的男人，他不是说今天不在家的吗？

斯靳恒伸开双臂，想给她一个大大的拥抱。

而黎浅洛撇了撇嘴，非常不给面子地躲开他的长臂，从他旁边走了过去。

斯靳恒失笑地摇了摇头，回头跟上去，从她的后面抱住了她。闻着她身上熟悉的香味，无限满足。

“洛洛，你终于来了。”一日不见如隔三秋！

黎浅洛稳住怦怦乱跳的心脏，压住唇角的笑意问道：“斯总，不是说好的不在家吗？”她被他控制在怀里，一步都走不动。

院子内还是原来的样子，只不过因为有了暖暖，多了一些秋千什么的儿童娱乐设施。

他让她回头面对着自己，低头吻上她的红唇。

女人手中的包包掉在地上，不由自主地攀上他的脖颈，斯靳恒将她抱起，往楼上走去。

黎浅洛睡醒的时候已经下午四点多，从床上坐起来，她穿上衣服整理好自己，打开房间门，走廊内静悄悄的，她本来是想先去书房找斯靳恒的。

但是，无意间看到对面房间紧闭的房门，好奇心瞬间被撩了起来。

之前她来过一次，想进去看看，却被斯靳恒拒绝了，里面到底放的是什么？

她轻轻扭动门把，推开房门走了进去。

房间里空荡荡的，只有面对房门的那面照片墙格外显眼。

她走过去，惊喜地发现照片上都是他们一家三口。

她和暖暖的照片居多，无意间扫到几张照片，黎浅洛有点疑惑。

上面是她和暖暖在黎家庄园门口，两个人穿着母女装，不远处还有斯靳恒靠在车上等着她们，她怎么不记得自己有拍这张照片？

不过……按照这个角度看过去，是从黎家大门方向拍的。

那么，只有一个人会干这种事情，那就是黎优芜！

黎优芜这个叛徒，什么时候偷拍他们一家三口她都不知道，还给了斯靳恒！看她改天不教训他！

她后退一步想去看别的照片，猝不及防地落入一个怀抱。

吓得她心咯噔跳了一下，她回头一看，是面带笑意的斯靳恒。

呼，他什么时候进来的，她都不知道！

斯靳恒顺势紧紧地搂着她说：“我很期待你和我一起装扮这个房间。”

“怎么装扮？”

“把我们的回忆都放在这个里面，过两天我回一趟帝城，把带有我们回忆的东西统统带过来！”

他们在帝城的回忆似乎还真不少呢！黎浅洛浅笑着说：“好啊！”她也很期待。

男人又问：“洛洛，我专门让人在庄园种了枫树，今年秋天枫树就会长出枫叶，你愿意和我一起看它长大吗？”

第四十九章　我很乐意的

枫树已经长大了不少，秋天会长出少量的枫叶，他很期待和她一起见证小枫树变成参天大树。

我很期待你和我一起装扮这个房间。

你愿意和我一起看它长大吗?

他说的每一句话，都是在邀请她回来，和他在一起。

黎浅洛眼眶发红，轻轻点头道:“我愿意，斯靳恒，只要是和你在一起，我什么都愿意! ”

男人眼中的笑意越发明显。

“暖暖该下课了，我们一起去接她回来。”

“好! ”

幼儿园门口，黎浅洛坐在车上，看着斯靳恒戴着墨镜下车进了园去接女儿。

没有两分钟，斯靳恒就拉着一个可爱的小人儿走了出来。

黎浅洛打开车门，跟女儿打招呼:“暖暖! ”

斯暖暖看着忽然出现的妈妈，兴奋地蹦起来，松开斯靳恒的手，扑到她的怀里，“妈妈，妈妈”地一直叫着。

来接孩子的家长羡慕地看着这一家三口。

黎浅洛不顾其他人的目光把女儿抱上车，和她一起坐在后车座。

斯靳恒绕到主驾驶，在众人羡慕的眼光中开着车缓缓离开幼儿园门口。

“等会儿带你们去吃西餐? ”他从后视镜看着紧紧贴在一起的母女俩，心情很好。

黎浅洛征求女儿的意见，“宝贝儿，爸爸要带你去吃西餐，想吃吗? ”只要和女儿在一起，她吃什么都可以。

而斯暖暖却摇了摇头，她很怀念爸爸妈妈带着她去吃海鲜的时候，说："我想让爸爸带着我们吃海鲜。"她直接表达心中的想法。

斯靳恒闻言点点头说："没问题！爸爸现在就带着你们去。"

坐在黎浅洛怀中的斯暖暖开心地鼓掌说："妈妈，我们还让爸爸给我们剥虾吃好不好？"

黎浅洛顿了一下，看向斯靳恒的背影说："这个需要问爸爸的。"

"老婆，我很乐意的！"

黎浅洛甜甜一笑，然后低下头看着女儿，"爸爸答应了，我们等会儿要多点虾吃好不好？"

"好的，妈妈。"暖暖吧唧在黎浅洛脸上亲了一口。

黎浅洛欣慰地看着好像又长高不少的女儿。

"妈妈等会儿带你去逛商场！"好久没有给女儿买东西了，是她这个做妈妈的失职。

"老婆，有我这个司机的吗？"斯靳恒开始在母女面前寻找存在感。

黎浅洛给他一个白眼，故作恶狠狠地说道："不好好开车，等会儿海鲜都没得吃！"

"好吧，斯夫人，你对司机也太狠了。"

"司机？斯总这个司机级别太高，吃海鲜太掉价！"谁见过身价数亿的司机？

两个人你一句我一句地拌着嘴，斯暖暖则是呵呵地傻笑，她觉得和爸爸妈妈在一起真好！

海鲜楼里，黎浅洛故意点了好几种虾，等着斯靳恒的私人服务。

菜品上齐，斯靳恒看着四五个品种的虾，无奈了。

淡定地吃了两口海鲜，然后戴上手套，开始进行服务。

对虾剥好给母女两个人分完，然后是虾尾，剥完全部放在黎浅洛的碟子里，然后是皮皮虾……

刚开始黎浅洛还很心安理得地吃着各种虾，但是过了一会儿，看到他为了剥虾都扔掉了四双手套，自己才吃了两口三文鱼，就有点不忍心了。

夹起盘中的虾尾，送到他唇边，说：“来一口！”

男人拒绝，“你们先吃，不用管我！”

黎浅洛不开心了，问：“你是不是嫌弃我给你用我的筷子？”她可清楚知道这个男人有洁癖的。

斯靳恒哑然失笑，“怎么可能？”然后乖乖地把她喂过来的虾给吃了。

过了一会儿，黎浅洛就放下了筷子，说：“我吃饱了，你吃吧，我来剥。”

然后二话不说戴上手套，拿起一个扇贝用筷子把扇贝肉拨到斯靳恒面前干净的碟子内。

刚弄了一个，就被斯靳恒阻止了，不顾她的反对把她手上的手套摘掉扔进垃圾桶。

“好好吃饭，我来就行。”用不着她动手。

以后结婚也是，没有他在身边也会有用人的，她只需要衣来伸手饭来张口就行。

黎浅洛张了张嘴，想说她可以的，但是看到他一副没得商量的模样也就没再继续。

晚餐结束，斯靳恒带着母女俩去了商场。

黎浅洛专心地给暖暖挑着衣服，还给她买了小帽子和小书包之类的东西。

只有暖暖没有斯靳恒的，然后男人就吃醋了，在他的抗议下黎浅洛也只得去给他买了一些他需要的东西。

婚礼前两个月，黎浅洛被检查出来有了二胎。

斯靳恒得知这个消息，立刻将她所有的工作全部推掉，不等她慢慢交接。

然后把她接到C国自己身边，好好照顾。

为此斯靳恒还专门把四年前在帝城照顾黎浅洛的杜嫂给请了过来。

孕期两个月的时候，检查出来她肚子里的是一对双胞胎。

这下斯家所有人更是都围着黎浅洛一个人转，慕若烟的工作就是好好带着暖暖。

杜嫂用围裙擦了擦手问道："今天胃口怎么样，想吃偏酸还是偏辣的？"她直勾勾地盯着黎浅洛的大肚子，真好，里面有两个宝宝呢！

婴儿房，少爷早就装修好了，并且亲自去商场买了许多婴儿衣服和玩具。浅洛才怀孕不到三个月就都已经准备好了，可见少爷有多么期盼这两个孩子。

少爷对暖暖那更是好得没话说。暖暖说一，斯靳恒不说二，要什么给什么！

黎浅洛好几次都提出斯靳恒太宠女儿了，会把她宠坏的！斯靳恒每次都会回应："我自己的女儿我愿意，宠坏了没人要，我养她一辈子！"

黎浅洛真是又无奈又羡慕自己女儿好福气！

八月初八，是个好日子，迎来了斯靳恒和黎浅洛的盛大婚礼。

斯家庄园被布置得喜气洋洋，到处都是大红色的装饰。

黎家所有人，以及消失许久的厉献呈都提前两天抵达了C国。

黎浅洛头一天晚上和郁晚晚睡在一起，第二天一大早就被叫醒，化妆、做造型、吃早餐、换婚纱。

斯靳恒和黎浅洛这次的婚礼，权威媒体，全程跟踪报道。

上午十点，震撼人心的场面开始上演，从排场上就可以看出斯靳恒有多么重视这场婚礼。

此时，C国宽阔的大马路上，缓缓地行驶着五十辆不同颜色的顶级跑车。

斯靳恒穿着黑色的西装，亲自开着西尔贝超跑，领着后面的豪车，整齐有序地行驶在马路正中央。

路人看到这种震撼的场面，纷纷拿出手机拍照。

十点半到达苏溪别墅，车子整齐有序地停在别墅门口，一辆排着一辆一直到别墅区外。

斯靳恒拿着一大束娇艳欲滴的红玫瑰下了车，后面作为伴郎的六个男人立刻跟了上来。

二楼黎浅洛已经坐在床上等着，笑看几个年轻的小姑娘堵住房间的门，商量着怎么收红包。

门外担任司仪这个角色的是娱乐圈最出名的主持人——启钰。

“新郎来了，里面的美女请开门！”一行男人就这样围到了新娘房间的门前。

房间内的小姑娘开心地叫了起来：“想让开门，先发红包啊！”

门外的人嘀咕了几声，从门下面塞进来几个厚厚的红包。

一个小姑娘忍不住要去开门，另外一个连忙拉住她，喊了一声：“新郎给新娘唱征服哦！唱完就给开门！”

门外忽然就安静了下来，就在里面的人纳闷的时候又传来男人们爽朗的笑声。

紧接着一个性感低沉的声音响起，“就这样被你征服，切断了所有退路，我的心情是坚固……”

哇！好好听的歌声，众人陶醉，黎浅洛激动得都要哭了。

但是，只听门外画风一变，响起一声：“老婆，我爱你！”

门外哄堂大笑，新娘的房门刚被打开一条缝隙，门外的人挤着就进来了。

几个伴郎都是眼熟的，斯靳恒抱着一大束玫瑰花，帅气地出现在众人眼前。

有一瞬间，黎浅洛仿佛看到了她的白马王子驾着七彩祥云来娶她了。

经过伴娘的层层考验，又加上斯靳恒毫不吝啬地发放红包。

斯靳恒成了有史以来最快抱得新娘的新郎，他来到黎浅洛面前，把怀中的玫瑰花送给了她，两个人目光相对，彼此眼中都饱含深情。

斯靳恒亲自给她穿上大红色的高跟鞋，将她打横抱起，后面两三个伴娘帮忙提着婚纱和头纱出了房间。

这一幕看得女孩子好羡慕，原来冰冷的斯总还有这么柔情的时候，果然是真爱啊！

楼下别墅门口，摄影师给伴郎伴娘和新郎新娘拍了合影。

又给黎浅洛全家都合了影，包括厉献呈他们。最后，新郎就抱着新娘上了超跑。

其他的人都坐在后面的车上，跟着去了庄园。

豪车浩浩荡荡地行驶在马路上，摄影师放出航拍器在空中拍下这壮观的一幕。

到了庄园，斯靳恒把黎浅洛抱进大红色的主卧室，算是把老婆娶回了家。

时间有限，他们也没有在庄园停留太久，就往举办婚宴的酒店赶去。

在去酒店之前，斯靳恒开着车在城东绕了一大圈。

用他的话来说就是，要让更多的人知道他娶了黎浅洛！

第五十章　离婚又复婚

维尼帝国七星级酒店，整个C国唯一的七星级酒店，刚刚建成两周年，投资人斥资几十亿所建。

两百多个包间全部被包下，斯靳恒派来的保安就有上千人，并且出动了三百多辆豪车，来回穿梭在机场和酒店之间供来宾使用。

此时酒店右边的露天场地，被装饰成喜庆的结婚场地。

门口的婚纱照上，巴黎埃菲尔铁塔为背景，帅气的新郎深情吻着美到极点的新娘额头。

红毯从门口一直铺到鲜花门拱下，两边放着好多花束，全部是空运过来的巴西白玫瑰。

两边是数不清的座位，全部用白色加粉色的绸缎包装着。

旁边的广场上摆放着专业甜品师做的点心，各种造型。旁边是高档的红酒、白酒、香槟和各种饮料。

此刻座位上已经爆满，人声鼎沸，来的人都是有头有脸的大人物。

中午十一点半，壮观的豪车队，在维尼帝国酒店门口的广场上停稳。

黎浅洛被斯靳恒抱下车，其他的司机跟着下车。

今天前排的司机也是一道风景线，全部清一色黑色西装的帅哥，黎优尧当然也在中间。

黎浅洛在新娘休息室内换上了主婚纱，然后一起去了婚礼场地等待着婚礼的开始。

在第一层门拱站稳，所有的人把目光全部放到一对新人的身上。

新娘身上的婚纱是菲拉女士给她设计的，全部用昂贵的白色奥根纱配以白色珠罗纱，饰以白玫瑰色的精美刺绣和银线穿坠的水晶碎片。

裙尾足足有四米长，头纱则长达五米。

这样的婚纱价值几乎无法估算，而新娘头上的皇冠，镶着一百多颗闪闪发光的黄色彩钻，价值最少上千万。

耳朵上戴着白色的钻石吊坠耳饰、脖子上是红色大钻石的吊坠、手上几克拉的钻戒价值更是无法想象，她完全就是一个被钻石包裹的女人。

黎浅洛凸起的小腹，也是众人议论和羡慕的重点对象。

“听说，新娘肚子里还是双胞胎呢！”一个高官夫人的父亲和斯老爷子关系不错，说出自己知道的小秘密。

“双胞胎！黎浅洛真是好福气，离婚又复婚，这次他们总算是圆满了！”

“对啊，对啊，这件事情全世界都知道了，看看莫雅薇的婚礼，再看看黎浅洛的婚礼，没有对比就没有伤害！”

“嗯嗯，也没看看，这可是咱们城市唯一的七星级酒店，有几个人能在这里这么大操大办地举行婚礼！”

“黎浅洛嫁给斯靳恒，命真好哦！”几个贵妇人看着穿着婚纱笑得优雅的黎浅洛，一阵议论纷纷。

启钰在台上说着美好的祝福词，台下不断出来热烈的掌声。

黎浅洛紧紧地挽着男人的臂弯，她好紧张。

斯靳恒轻笑，柔声安抚她：“老婆，别紧张！”

黎浅洛连续做了好几个深呼吸，才感觉好了许多。

启钰的声音传入他们的耳中：“……下面有请我们的新郎新娘上台！”

伴随着热烈的掌声，黎浅洛挽着斯靳恒，在启钰的祝福词中踏上了铺着花瓣的洁白地毯。

新娘高贵典雅，新郎贵气逼人。

两个人在众人惊艳以及羡慕的眼神下走到了典礼台上。

郑重地彼此宣誓后，两个人交换戒指，喝了交杯酒。

一吻定情，礼成！烟花、礼炮齐鸣。

酒店内，一楼二楼全部被包场，桌桌定满。

大屏幕上，播放着他们婚纱照的幻灯片，看得众人又是很羡慕。

“实地实景拍的就是好看！”

“也是人家斯总和斯夫人长得好看！怎么拍都好看！”

“这话说得没错，你看，那应该是苏黎世湖吧，飘逸的头纱，阿尔卑斯积雪山脉为背景，真是美极了。”

“哎！以后我女儿要是结婚，我也让他们去旅游拍婚纱照，真是羡慕人！”

刚才的几个贵妇人端着法国空运过来的红酒，羡慕地看着两个人的婚纱照。

装修得金碧辉煌的大厅内，摆着几十张罩着白色和大红色桌布的酒桌。

地上天然大理石铺地，每隔半米的距离，用的是纯金打造的线条装饰。

桌上的玻璃酒杯全部是手工烧制的有机玻璃材质，筷子和汤勺居然也是纯金的，骨碟的小碗也都是925纯银的。

制服统一的服务员，端庄地端着托盘，有序地出入在贵宾之间。

后厨的大厨们，马不停蹄地准备着菜色。他们第一次碰到这么大阵仗的婚礼，还有提前空运过来几十公斤的艾玛斯鱼子酱，意大利运过来的白松露！鲍鱼，辽参全部是上千头搬进来。

水果也很有讲究，日本北海道的黑皮西瓜，夕张王的甜瓜，新奥尔良市的草莓，泰国的杧果……他们可是一点都不敢马虎。

休息室内，黎浅洛在晚晚的帮助下换上了大红色的敬酒服。

真的有点累，休息了一会儿，斯靳恒就过来叫她开始敬酒了。

黎浅洛刚挽着斯靳恒的胳膊出现在宴会厅里，就立刻吸引了所有人的目光。新娘子一身收腰古典旗袍，脚踩镶着红色水晶的高跟鞋。

她大红色身影的出现如女皇般高傲，如公主般奢华高调。

和刚才举行婚礼时白色的纯洁优雅，美得像仙女般不食人间烟火相比，她这一刻是热情似火。

她的出现有一瞬间的鸦雀无声，斯靳恒满意地看着自己的女人给大家带来的震撼。

亲密地搂着她的腰，往宾客席间走去，开始一桌一桌地敬酒。

黎浅洛因为怀孕的原因，手中的红酒杯中盛的是果汁，代替了酒水。

而斯靳恒所有人都没见过笑容满面的他，今天脸上的笑容一刻都不减，可见他的心情有多好。

婚礼隆重而又顺利，从此黎浅洛成了C国最幸福最尊贵的女人。

生二胎的时候，黎浅洛是剖宫产，生下来是一对龙凤胎，很是招人喜欢。

斯靳恒将两个宝宝放到黎浅洛的怀中，黎浅洛亲亲这个，又亲亲另外一个，幸福的笑容一直在她唇角没有消失过。

他们跟暖暖小的时候长得一模一样。

黎浅洛问斯靳恒：“我都分不清了，哪个是大的？”

男人在她身上蹭了蹭说：“男孩是哥哥，女孩是妹妹！”名字就是他们之前想的，男孩叫斯鼎礼，女孩叫斯熙熙。

“哪个是哥哥哪个是妹妹？”

不过她猜应该左手边的这个是哥哥，因为小家伙睁着眼睛，没有一点表情。没有表情的表情，乍看上去好像斯靳恒哦，哈哈。

另外一个闭着眼睛呼呼大睡的小宝宝，应该就是妹妹斯熙熙了！

两个娃娃生下来都不愿意吃奶粉，黎浅洛的母乳又不够两个娃娃吃，只能各种哄着让他们吃奶粉。

斯熙熙很好哄，晃几下就吃了奶粉。

斯鼎礼看到奶瓶就不张口，黎浅洛无奈只能让他吃母乳，实在是没有母乳了，就强制着让他吃奶粉！

斯暖暖从学校回来，家都不带回的，直接来到了医院。

看到妈妈身边忽然多出来两个宝宝，感觉好神奇啊！

不过她对这两个宝宝喜欢极了，因为这两个小可爱是她的弟弟妹妹呀！

斯靳恒将暖暖抱起来，来到母子三个人身边，问道：“暖暖开心吗？”

斯暖暖重重地点头说：“开心！”然后她就去拉弟弟妹妹的小手，斯靳恒也没有阻止，将她放在地上，看着她和两个小不点玩儿。

黎浅洛出院是在一个星期后，黎家人和斯家人都过来接他们母子三个人。

自从这两个小娃娃出生以后，庄园每天都热闹极了。

暖暖因为他们都不愿意去幼儿园上课了，每天都是斯靳恒亲自把她送去幼儿园，自己才去工作。

夜深人静，斯靳恒抱着怀中的女人吻了吻她的额头，说："老婆，谢谢你！你辛苦了！"这句话他一直都想告诉她，前段时间一直没机会。

黎浅洛窝在他的怀中说："还好啦！"现在过来了也就感觉没什么了！

"黎浅洛，我爱你！"一辈子！

"我也爱你，斯靳恒！"生生世世。

未来的某年某月某日，他们头发花白牙齿掉光，子孙满堂。两个人依然每天手拉手在庄园散步，风起了，他还会在她耳边说着情话，满脸褶子的黎浅洛也会羞涩……

（未完待续）